La Fragilité des funambules

Collection
Œuvres au rouge

Verena Hanf

La Fragilité des funambules

éditions deville

« *En réalité, aucun moi, même le plus naïf, n'est une unité, mais un monde extrêmement multiple, un petit ciel étoilé, un chaos de formes, de degrés et d'états, d'hérédités et de possibilités.* »

Hermann Hesse, *Le Loup des steppes.*

Adriana

Il y en a trop. La purée déborde. Elle prend une serviette en papier et essuie la bouche de la petite, de droite à gauche, avec aplomb, que ça parte, cette saleté. Le geste est peut-être un brin violent. Mathilde se met à pleurer. Adriana soupire. Évidemment, il faut que ça chiale. Les larmes de crocodile se mélangent aux résidus de purée et dessinent une trace carotteuse entre œil, joue et cou. Excédée, Adriana prend une nouvelle serviette en papier, sa main est brusque, décidée. La petite tourne la tête, la bouche déformée, elle commence à hoqueter. Quelle grenouille grincheuse ! Adriana a envie de la gifler, mais elle se contient, se raisonne. La petite n'y peut rien. Elle est née là-dedans, dans cette famille trop riche, dans cette maison trop vaste, dans cette banlieue trop propre, un biotope de bourges. Elle dort entre peluches et poupées, pétales et pompons, ce n'est pas étonnant qu'elle soit trop molle, sans résistance, à fleur de peau.

La petite n'y peut rien. Non, elle n'y peut rien de ressembler tant à sa mère, une pleurnicharde professionnelle. D'ailleurs, Madame la psychologue est en retard, comme chaque mardi. Qu'est-ce que ça la gonfle, Adriana ! Ça la gonfle de l'attendre, comme toujours, et puis de devoir supporter ses excuses bidon : les patients, les bouchons, les feux rouges et les travaux. Elle n'en a rien à foutre, Adriana, des excuses de Nina Jung. Elle veut rentrer, respirer. Elle veut appeler le petit, en toute tranquillité, avant qu'il aille dormir. Ça fait quatre jours qu'elle ne l'a plus eu au téléphone. Sa voix rauque lui manque, même s'il ne la lui fait pas beaucoup entendre. Se venge-t-il de son absence, plus longue que d'habitude ? Il faut qu'elle l'appelle aujourd'hui, bien qu'elle risque de tomber sur Mamă. Elle tombe toujours sur sa mère quand elle est en retard avec ses appels. Et avec Mamă, c'est automatique, elle redevient l'adolescente rebelle, la fille qui produit des soucis, fait la tâche de travers et néglige le devoir. Elle sait que Mamă lui fera son fameux reproche, à deux mots sur ton glacé : « Toi. Enfin. » La froideur de sa voix perce à travers les 2 200 kilomètres qui les séparent. Elle se transmet sans filtrage entre l'appareil des parents, des années 70, gris et lourd, avec cadran et fil, déposé sur le buffet de la cuisine à côté du cygne en porcelaine, et le sien, un portable rosé, léger et égratigné, de seconde main. Mieux vaut ne pas se rappeler la première, une main lisse, blanche, manucurée avec soin, mais derrière ces belles apparences : des griffes. Elles ont laissé des traces, et pas que chez Adriana, elle le sait, mais elle se dit que c'était tout de même particulièrement perfide de les avoir enfoncées dans une plaie qui suinte encore.

Adriana chasse ces mauvaises pensées en les remplaçant par d'autres, plus innocentes, juste agaçantes. Déjà six heures et demie, la nuit tombe et l'autre conne qui n'est toujours pas là. Adriana regarde par la fenêtre sans voir les buissons taillés, la pelouse rasée, le chemin en graviers, la grille de l'entrée. Elle étire successivement son dos, sa nuque et sa tête pour guetter au-delà de la haie la rue déserte, un cul-de-sac feutré, privilégié. Il n'y a que peu de voitures qui y passent. Les haies sont menaçantes, les ombres s'allongent, elles sont prêtes à l'attraper. Elle va devoir marcher vite ce soir vers l'arrêt de bus. Et si l'autre traîne encore, elle va rater celui de dix-neuf heures treize. Adriana mord sa joue et tourne les yeux vers la grenouille, la purée, la montre, la porte. La rage est prête à jaillir et se déverser en lave rouge et destructrice sur la cuisine, sur tous ces appareils qui ont tant de boutons luisants et clignotants qu'il faut étudier un manuel pour griller un simple toast. Adriana a une envie folle de griffer l'inox du plan de travail, d'entailler le bois massif de la table de cuisine, de fracasser la porcelaine fine et les verres de cristal, d'arracher les légumes stylisés du mur. Non, elle ne veut, elle ne peut plus voir les brocolis et les tomates en peinture qui ont dû coûter son salaire mensuel.

Adriana ! Tu te calmes ! Elle se le dit bien fort, se tasse et baisse le taux d'adrénaline. Oui, elle sait qu'elle doit se calmer, qu'il faut qu'elle se domine. Elle ferme les yeux pendant quelques instants, contrôle sa respiration, un, deux, trois, ça y est, elle se décontracte, un, deux, trois, elle ne tremble plus, un, deux, trois, elle pose les yeux sur la petite, un regard vert clair sans orage, sans tempête. Oui, elle est fière de réussir à comprimer sa colère avec quelques battements de cils. Reste seulement une petite boule dure dans le ventre, compacte, grossissante, prête à exploser un jour.

Nina

Vite, plus vite, elle accélère, elle soupire, à nouveau en retard, ça devient systématique, mais cette patiente qui ne voulait plus se taire, elle avait la diarrhée des mots, pire, elle voulait l'avoir, elle refusait tout remède et vomissait encore et encore un flot de phrases, comme à chaque fois qu'elle vient. Mais Nina, faiblarde, n'est pas arrivée à mettre une digue, elle a échoué, noyée par la vague verbale. Quelle plaie, cette femme, vraiment une plaie, avec sa mauvaise haleine, ses yeux rougis, il ne faudrait pas accepter tous les patients, les virer plus vite, les coller aux autres. Elle est épuisée, Nina, et puis elle a faim, terriblement faim, et tous ces bouchons bruxellois qui la freinent et l'énervent et l'asphyxient, heureusement que ça roule, maintenant, enfin un peu d'espace !

Un énorme plat de pâtes, même complètes, c'est de ça qu'elle a besoin. Des pâtes à la sauce tomate, au fromage, au poivre, elle accélère encore. Beaucoup de poivre et peut-être un peu de salade pour que Stefan soit content. Sans salade, il râle. On dirait une femme avec sa fixation sur les crudités, et elle alors un homme avec son envie de consistant, de rassasiant, son ventre un gouffre, privé de viande, végétarisme oblige, imposé par Stefan, plus maigre que jamais, apôtre du manger-sain, chaque jour un nouveau dogme : pas de graisse, pas de sucre, pas de lait, pas de pain blanc, peu d'œufs. Nina soupire, elle le suit, fidèle épouse, fidèle croyante, mais la chair est faible. Ce midi avec Christophe du cabinet d'à côté, charmant dentiste gourmand – il y en a ! –, elle s'est offert une gaufre, chaude et savoureuse, bourrée de sucre. Si Stefan savait, si Mathilde l'avait vu, quel mauvais exemple, mère indigne, femme hérétique. Et oui, parfois elle se souhaite même des caries pour s'allonger, poser sa tête, basculer, les yeux dans ceux de Christophe, ses doigts dans sa bouche… Quelle gamine elle est, par moment, adolescente aux rêves de blouse blanche, réminiscences de séries de télévision des années 80, va-t-on savoir pourquoi ils ont toujours eu tant de succès, ces navets !

Elle accélère, déjà dix-huit heures cinquante, la petite doit l'attendre, heureusement qu'Adriana est là, une vraie perle, fiable, en plus Mathilde l'adore. D'ailleurs, elle aussi l'adore, oui, vraiment, elle l'admire. C'est parce qu'elle est toujours si calme, Adriana, toujours serviable, mais sans être soumise, elle aime ça, Nina. Elle n'aurait pas pu supporter une aide à la maison qui s'incline à longueur de journée, en petit tablier imaginaire, blanc sur noir, cheveux en chignon, qui se sente inférieure à elle, Nina, grande, blonde, imposante. Mais quelle horreur, après tout nous sommes tous égaux, c'est juste que certains ont plus de chance que d'autres dans cette loterie de la vie. Et ça, oui, ça c'est clair, elle a plus de chance qu'Adriana, la pauvre. Non, pas la pauvre, Nina s'autocritique à mi-voix, non, Adriana n'est pas une victime, elle n'est pas pauvre, elle est forte, elle s'est défendue, elle s'est relevée, elle a continué, elle s'est libérée, chapeau bas. Nina, elle, n'aurait sans doute pas pu se relever si facilement si elle avait vécu ce qu'Adriana a dû subir. Elle le lui a raconté un jour après deux verres de vin, sans la regarder, à mi-mots pudiques et d'autant plus bouleversants, dans l'un de ses rares moments de garde baissée. À cette époque – une courte époque –, elles auraient pu peut-être nouer une sorte d'amitié, mais le vent a vite tourné. Nina avait écouté en silence, hoché la tête, les paupières en berne, elle savait déjà, en phrases à sensations rapportées par Louise aux yeux écarquillés : Nina, tu sais quoi, Adriana, il faut que je te dise, te raconte, écoute, et puis, mais tu t'imagines ? Quelle horreur, quelle terreur ! Ah ! Louise, vague copine aux cris aigus, si fatigante, si bruyante, qu'est-ce qu'elle aime les scandales et les injustices à dénoncer, la veuve et l'orpheline à défendre, mais en même temps elle est engagée, faut le lui laisser. C'est elle qui lui avait recommandé Adriana : prends-la, engage-la, Adriana a besoin de nous, de sous, avant d'énumérer ses atouts comme si la jeune femme était une vache à lait à vendre : elle a tous les papiers qu'il faut, elle est déclarée, assurée, efficace et soignée, une femme propre et travailleuse, forte et dévouée.

Oui, cette femme est forte, pense Nina, freine, tourne à gauche et passe de la cinquième à la quatrième vitesse, la route est sinueuse. Adriana est même peut-être plus forte qu'elle, ça se sent à travers son regard, ses répliques, ses gestes, parfois un rien agaçants, son ton un brin condescendant. Elle la juge, elle ne la prend pas trop au sérieux, n'en fait qu'à sa tête, pas gênée, l'Adriana, il ne faut pas inverser les rôles non plus, n'est-ce pas ? Après tout, c'est elle qui la paye, c'est elle le chef, il faudrait s'imposer davantage, jouer au boss, donner des ordres, aimablement, tout en étant ferme, mais ce n'est pas son truc, Nina. Elle veut l'égalité, pas un rapport de force, ni des bras de fer, ça suffit qu'elle les ait avec son mari, ses patients, son enfant.

Nina soupire et accélère à nouveau, se dit, conciliante, que tout en tout et tout compte fait, elle a beaucoup de chance d'avoir trouvé Adriana, une fille bien, honnête, droite et soignée, parfois un peu sévère avec la petite, mais ce n'est pas plus mal. Mathilde n'est pas toujours facile, six ans et une tête dure, celle de son père, tout comme le menton, carré, en avant. Mais sa fille est jolie quand même, avec ses yeux clairs, ses cheveux d'ange. Elle doit être fatiguée maintenant, la journée a été longue pour elle aussi : école, garderie, Adriana. Stefan pourrait tout de même rentrer plus tôt les mardis et jeudis, ses deux longues journées de travail à elle. Mais il prétend que c'est impossible. Trop importante, sa présence au bureau, et indispensable qu'il le quitte en dernier. Pfff, qu'est-ce qu'il est agaçant quand il s'y croit et quand il veut faire croire à sa femme que rien ne va sans lui. C'est juste qu'il n'a aucune envie de préparer le repas, de s'échanger avec Adriana, de s'occuper d'une Mathilde fatiguée et donc difficile. Nina espère qu'Adriana l'a fait manger, ce serait déjà ça de gagné dans cette course folle du jeudi soir. Vivement demain, journée sans travail, sans patients, sans bouchons. Mais d'abord terminer cette soirée sans faire trop de dégâts, éviter les mauvaises humeurs accumulées qui refroidissent la maison, pourtant si bien isolée. Encore quelques tournants avant d'y arriver.

Cosmin

C'est vrai que pour la cuisine, Bunică est plus douée que Bunic. Sa grand-mère fait des plats si délicieux que Cosmin pourrait s'en empiffrer jusqu'à l'explosion si on le laissait. Rien qu'à penser aux boulettes de viande de Bunică, les papilles de Cosmin s'emballent. Depuis que son grand-père prépare les repas, l'enthousiasme n'est plus au rendez-vous et l'appétit restreint. Cosmin se sert donc avec retenue, mais tout de même avec une certaine curiosité admirative : Bunic est capable d'innovations et d'expérimentations culinaires assez remarquables. Ce soir il a préparé des pommes de terre sautées, elles sont d'un brun foncé à l'extérieur et croquantes à l'intérieur. Il les a mélangées avec des oignons, des saucisses et des betteraves coupées en rondelles. Ça donne une couleur intéressante, il y a un film violet sur toute l'assiette. Ça aide à oublier l'odeur sévère qui flotte dans la cuisine d'un désordre inhabituel.

« C'est, euh, assez bon », dit Cosmin, qui lève la tête et sourit à son grand-père. Bunic lui paraît tendu. Ses gestes sont brusques et ses gros sourcils compressés, on dirait deux brousses grises au-dessus des yeux. Cosmin a entendu que ses grands-parents se sont disputés, avant le repas, mais il ne sait pas pourquoi et il ne veut pas le savoir. Il n'écoute plus les conversations derrière les portes depuis qu'il a capté, il y a assez longtemps, quelque chose qu'il vaut mieux ne plus se rappeler. Il y avait un rapport avec sa mère, il ne sait plus lequel, mais il se souvient que ça lui avait fait mal. Depuis ce jour-là, dès que les voix s'élèvent derrière une porte, Cosmin sifflote une mélodie bien rythmée, une mélodie compliquée exigeant de la concentration. « J'aime bien le violet », ajoute-t-il vu que son grand-père n'a pas répondu à son compliment. La brousse paraît plus dense encore. Peut-être Bunic s'inquiète-t-il pour Bunică ? Elle l'inquiète aussi, sa pauvre Buni. Le cœur de Cosmin s'alourdit, la mastication ralentit, la bouchée violette ne passe plus très bien. « Petit benêt, va, ronchonne enfin son grand-père sans le regarder. Arrête de causer et mange. » Le ton est rude, mais quand il se lève pour se resservir un verre de *Țuică*, il ébouriffe les cheveux de son petit-fils. Ce geste rassure et console Cosmin. Tant que le grand-père le décoiffe, tout va, tout ira bien. Avec un regain d'énergie, Cosmin transforme sa fourchette en hache et y empile un bout de pomme de terre, de saucisse et une rondelle de betterave. Il ajoute une pincée de sel et un peu de moutarde, et voilà, ça passe plutôt bien.

Mathilde

Elle n'est pas bonne, la purée, elle est tiède, pâteuse, d'un orange tout moche. On dirait du vomi en version ferme. Mathilde n'en veut pas, n'en veut plus. Elle n'aime pas le regard de sa nounou ce soir. Adriana n'est pas gentille, aujourd'hui. Elle lui a fait mal en lui nettoyant la bouche. C'est sa bouche, pas touche ! Les larmes sont prêtes à rejaillir. Mathilde veut sa maman, maintenant. Elle n'aime pas les journées sans elle. Et elle n'aime pas non plus rester à l'école quand presque tous les autres rentrent chez eux.

Laura, elle, ne reste jamais à la garderie, quelle chance. Mais elle ne le sait pas. Surtout parce que Mathilde lui raconte toujours que c'est super, la garderie, vraiment méga super et qu'elle a plein de bonnes copines là et qu'elles s'amusent ensemble comme des petites folles. C'est faux, mais il faut se venger un peu. Laura a sa maman, tout l'après-midi, elles font des promenades en forêt en pleine semaine et mangent des petits gâteaux faits maison, des muffins. Mathilde le sait parce que de temps en temps, elle est invitée chez eux.

Et il y a toujours des muffins. Chez elle, il n'y en a jamais. Mathilde a seulement droit à une purée orange moche et à une Adriana quatre fois par semaine, qui la regarde avec des yeux de glaçon quand elle ose pleurer un peu.

Bon, parfois, elle est gentille quand même, Adriana. Quand elle lui donne des bonbons, par exemple, quand elle lui montre les papillons et les fleurs dans le jardin, quand elle lui chante une chanson dans sa langue à elle, de là-bas. Mathilde ne sait plus d'où exactement, mais c'est très pauvre là-bas, c'est Maman qui le lui a dit. Maman aime bien Adriana, alors Mathilde veut bien l'aimer un peu aussi, mais ce n'est pas facile quand elle lui frotte la bouche trop fort, quand ses mains tremblent et que sa bouche se tire vers le bas comme ce soir. Ou quand elle regarde la cuisine avec le même regard que Papa après une dispute avec Maman et qu'il s'en va arracher les mauvaises herbes dans le jardin ou nettoyer les voitures dans le garage. Ces regards-là, Mathilde ne les aime pas.

Et Papa, est-ce qu'il vient ce soir avant qu'elle aille au lit ? Elle se le demande en faisant avec la purée de petites collines sur son assiette. Il travaille beaucoup, son papa, et il veut qu'elle travaille aussi beaucoup quand elle ira à l'école primaire après l'été, il le lui a déjà dit plein de fois. Mathilde a un peu peur alors, elle ne sait pas ce que ça veut dire, travailler. En tout cas, ça ne paraît pas très drôle, à entendre les parents. Et les jours où Maman travaille, elle rentre tard, sourit peu et ne lui lit plus d'histoire. Vite vite, parfois elle crie : vite, je suis fatiguée, moi aussi ! Mathilde n'aime pas ça et elle n'aime pas la purée, l'Adriana glacée, elle a juste envie de continuer à pleurer, même si les larmes ont un goût aussi fade que le dîner.

Adriana

« Pscht, Mathilde, arrête de pleurer, tu ne veux plus manger ? » Adriana essaie de mettre de la douceur dans sa voix, mais la douceur, ce n'est pas son fort. Sa voix reste dure, carrée, barbelée. Une voix armée, tout doit servir à se défendre. Non, on ne l'aura pas une troisième fois, pas elle. Ni par les grands et forts, ni par les petits et faibles. Tout son corps est en mode défense, un château fort, renforcé par les kilos qu'elle s'est efforcée d'accumuler, les muscles qu'elle a développés, une armure vivante, résistante, mais prête à la contre-attaque.

Mais, Adriana le voit bien, Mathilde ne veut pas attaquer, ne veut plus manger, elle veut sa maman. Les hoquets secouent son corps, ses yeux sont gonflés. Petite grenouille malheureuse. Adriana ressent tout à coup de la pitié, un attendrissement soucieux comme elle peut l'avoir pour un animal blessé. Adriana ne supporte pas trop les gens, mais elle aime bien les animaux, ça doit venir de sa famille, de ses ancêtres, tous des paysans attachés aux bêtes – peu importe s'ils appartenaient aux seigneurs, à la ferme collective ou, aujourd'hui, à ce qui en reste : un petit bout de terre privatisée. Comme elle n'y vit plus, Adriana pense avec nostalgie à la fermette de ses parents, aux champs rassurants, à la terre familière et surtout aux animaux : les moutons stoïques, le porc aux petits yeux malins, les poules hautaines et nerveuses, la jument toujours patiente, les chats Milo et Lola et, bien sûr, le chien, Micu, le bâtard. Elles lui manquent, les bêtes, plus que ses parents, et bien plus que ses amis d'enfance, de jeunesse, qui lui sont devenus étrangers au fil des dernières années. Elle ne comprend plus ce qui les liait, avant.

La dernière fois qu'elle les a vus, c'était pendant les vacances de Noël, il y a plus de trois mois. Elle était allée à la fête de réveillon dans la grange de Dumitru. C'était une erreur. Ses amis étaient devenus des gens peu sympathiques. Ils avaient parlé sans cesse, ri trop fort et bu à s'écrouler par terre. Les filles portaient des talons de pute, les mecs des vestes en faux cuir. « Des ploucs, avait pensé Adriana, heureusement que je me suis barrée. » Elle n'était pas restée longtemps à la fête, quitte à se faire passer pour celle qui s'y croit depuis qu'elle vit « en Europe » – l'arrogante, l'arriviste, la nouvelle riche. Même

Anda l'avait dévisagé avec un mélange de jalousie et de mépris, oui, même Anda, l'amie qui savait tout, témoin de… de… ça, de l'indicible, de ce qui l'avait amenée à fuir le village pour échouer à Bucarest avant de débarquer en Belgique. Anda, oh, Anda, son nom ne lui allait plus, elle avait changé, vieilli, ne riait plus, elle l'avait jaugée, jugée, quelle déception. Les animaux, par contre, ne l'avaient pas déçue, au contraire, ils l'avaient reconnue, même les poules, si, Adriana en était sûre, et ils l'avaient réconfortée. C'est parce qu'ils ne parlent pas, se dit Adriana, ils ne parlent pas et ils me respectent. Si elle avait eu les moyens et si Micu avait pu tenir le coup, elle l'aurait pris avec elle, d'abord à Bucarest, puis en Belgique. Il aurait pu être une protection en poil, douce et puissante.

Ici à Bruxelles, et ça la déprime, elle n'a pas de contact avec des animaux, juste avec des grenouilles malheureuses aux yeux gonflés. Elle caresse le dos de la petite, « tu veux un biscuit ? » Mathilde tourne la tête vers Adriana, son regard devient plus clair, mais elle hésite à répondre. Adriana sait pourquoi. Ses parents n'aiment pas que la petite mange des biscuits. Le sucre, candeur trompeuse, est si mauvais pour les dents, pour le corps, il est cancérogène, un poison pour la santé. Il faut dire que selon Nina et Stefan Jung, presque tout est mauvais pour la santé. Le sucre, le sel, le pain blanc, le saucisson. La bonne humeur sans doute aussi, il faut tirer la gueule, se plaindre, gémir. Mais bon, peut-être est-ce juste typiquement allemand : grincher, bien que tout aille bien. Heureusement que chez les Roumains, c'est autre chose. Ils rient, même si tout va mal. OK, d'accord, Adriana ne rit pas beaucoup, pas souvent, et surtout pas maintenant, mais elle se redresse, c'est déjà ça. Elle cherche un biscuit dans son sac, le déballe et le tend à Mathilde : « Tiens. Mange-le vite, avant que ta maman vienne. Mais arrête de pleurer ! Tout de suite ! » La grenouille est corruptible, elle attrape le biscuit avec avidité et se transforme en enfant gourmand, presque souriant. Adriana la regarde d'un air absent et se demande en même temps si le petit aime toujours autant manger. Si Mamă lui prépare encore souvent son plat préféré, les Chiftele, des boulettes de viande frites. Elle pourrait lui poser la question ce soir au téléphone, ça le ferait peut-être parler un peu plus que d'habitude. Parfois, elle ne sait plus quoi dire au petit, comment le faire parler. Les secondes, les minutes s'écoulent, la carte prépayée se vide, mais les mots ne sortent pas, le petit reste silencieux. S'il formule deux phrases, c'est déjà beaucoup.

« T'inquiète pas, dit Gaston. C'est un mec. Les mecs ne sont jamais bavards. » Mais Adriana sait que ce n'est qu'avec elle que le petit ne parle pas. « Un ruisseau de mots, ce petit bonhomme, lui raconte Mamă quand elle n'est pas en froid avec elle. Il me boufferait l'oreille. T'es sûre que c'est le tien ? »

C'est vrai, Adriana ne parlait pas beaucoup, petite. Elle observait, elle écoutait, elle entendait, elle divaguait, elle rêvait. C'est terminé, tout ça. Le réveil n'a pas été agréable, c'est le moins qu'on puisse dire. Il ne lui a donné aucune raison valable pour parler plus.

« *Mama! Mama ist da!* », Mathilde crie de joie, la bouche pleine, se lève et court vers la porte. Adriana jette le reste de la purée à la poubelle, rince l'assiette, la met dans le lave-vaisselle, suit Mathilde dans l'entrée et décroche sa veste du portemanteau. Si elle se dépêche, elle aura encore le bus de dix-neuf heures treize.

Nina

Voilà son bout de rue à elle, sa bulle tranquille. Nina freine devant la grille, la voiture réagit vite, sans heurts. « La bagnole qu'il te faut », oui, Stefan avait raison, mais elle n'avait pas aimé le petit ton suffisant avec lequel il lui avait conseillé cette voiture. D'une main nerveuse, elle cherche la télécommande dans la boîte à gants. Mais la grille automatique s'ouvre déjà, Mathilde a dû la voir. Nina n'aime pas que la petite pousse sur la télécommande intérieure, c'est imprudent. On ne sait jamais qui pourrait entrer, il paraît que ce quartier résidentiel attire des bandes de malfaiteurs rusés. Mais elle ne va pas commencer à gronder sa fille, sinon le drame du soir est déjà programmé. Elle se gare devant le garage, bien que ça agace Stefan (« le garage est fait pour qu'on s'y gare à l'intérieur ») et sort rapidement de la voiture. « *Mama!* » Mathilde crie comme si elle n'avait plus vu sa mère depuis une semaine et se jette dans ses bras. « *Mama, Mama!* » Nina la serre dans ses bras, attendrie, mais aussi un peu agacée, et se demande si la petite a hérité du côté théâtral de sa grand-mère, adepte de la tragédie faite maison, les grands soupirs, les gestes appuyés, le ton dramatique. « *Mama, du hast mir so gefehlt!* » Tellement manqué, faut pas exagérer... Oui, Mathilde tient de sa grand-mère. Mais elle sent bon, elle est frêle et chaude dans ses bras, Nina sourit et l'embrasse tendrement.

Généralement, Stefan ne rentre qu'après que Mathilde soit couchée. Nina le soupçonne de le faire exprès. Elle sait qu'il n'a ni envie d'assister au brossage de dents et aux petits entêtements de l'enfant avant de bien vouloir se coucher ni de faire la lecture obligatoire, rituel pédagogique oblige. Ce soir, Mathilde était particulièrement exigeante : elle ne voulait ni ce livre-ci ni ce livre-là, mais toujours le même, une histoire bébête, des images sans grâce. Nina a dû mobiliser toutes ses réserves de patience pour s'exécuter selon la volonté de sa fille. Après, elle a mis l'eau des pâtes sur le feu et s'est versé un grand verre de vin rouge pour décompresser. L'alcool la détend et la chauffe plus que son écharpe en laine. Le printemps est jeune et pluvieux et le corps de Nina frileux, mais Stefan fait toujours des économies de chauffage. Résultat des courses : la maison est trop froide pour être agréable. Nina hésite à faire un feu de cheminée, mais elle ne trouve pas le courage de chercher les bûches, de s'agenouiller devant la cheminée et d'animer la flamme. Elle se contente donc d'une nouvelle gorgée de vin qu'elle avale de travers. Elle doit tousser, le verre tremble, le vin déborde et tache son chemisier. Heureusement que personne ne l'observe, pense-t-elle ; avec une mine boudeuse, elle essuie le pied du verre sur sa manche. Stefan va encore lui faire remarquer qu'elle boit trop. Nina soupire et se laisse tomber dans le canapé. Il l'énerve, Stefan, surtout quand il rentre tard et ne l'avertit même pas. À quoi servent alors les téléphones portables ? Plus la technique est sophistiquée, disponible, moins elle semble servir à la communication. Un SMS suffirait, mais non, Stefan ne bronche pas, quel égoïste, va ! Bon, elle se calme, se dit qu'elle ne lui fera pas de reproche quand il rentrera. Pas de dispute ce soir. Non, elle restera aimable, conciliante et compréhensive. Mais sa salade, il peut se la faire lui-même !

« *Mama! Mamaaa!* », Mathilde hurle en haut, qu'est-ce qu'elle peut être tyrannique, cette gamine ! Qu'est-ce qu'ils sont épuisants, les enfants ! Ce n'est pas par hasard si elle a hésité des années avant d'en avoir. Heureusement qu'elle n'en a pas fait un deuxième, malgré la pression de Stefan, de sa mère, de sa belle-mère, de ses copines Louise et Simone, de ses collègues belges, adeptes des grandes familles. Non, elle a résisté et maintenant c'est presque trop tard, ouf, sauvée. Déjà avec un enfant on devient esclave, avec deux, cela vire carrément à l'auto-exploitation.

« Il faut que tu dormes ! » Nina crie sans se lever, la tête tournée vers la cage d'escalier. « Mais j'ai soif ! » Mathilde a son ton revendicatif, Nina pourrait la tuer. Juste pour qu'elle se taise. « Une bouteille est près du lit. Je. Ne. Veux. Plus. Rien. Entendre ! » Sa voix porte, résonne. L'absence de tentures et de tapis – Stefan prétend avoir une allergie à la poussière – y est pour quelque chose. Nina tend l'oreille, crispée, ah, ça fait du bien, c'est le silence. Même Mathilde comprend parfois que la patience de sa mère a des limites. Nina préfère ne pas trop réfléchir à où commencent ces limites. Pour une psychologue, le périmètre n'est sans doute pas assez large, bien au contraire. Une nouvelle gorgée de vin noie un petit remords qui s'est faufilé habilement entre refoulement et soulagement. La télé parvient à anesthésier tout questionnement. L'eau des pâtes bout sans que Nina y prête attention.

Stefan

Elle a déjà bu, ça se voit tout de suite. Non, il se corrige, ça s'entend tout de suite. « Bonsoir, chéri », l'articulation de Nina est floue. « Bien travaillé ? » Elle lui tend une bouche molle, mais ne décolle pas ses yeux de l'écran. Elle change juste la position de ses jambes, l'une sous la fesse droite, l'autre allongée sur le canapé. Elle l'agace déjà. « Bonsoir, Nina », la voix de Stefan est sèche, à l'image de son corps. Il note avec un petit dégoût que le ventre de sa femme déborde au-dessus de sa ceinture et boudine dans son chemisier taché, que son rouge à lèvres a laissé une trace sur son verre et qu'elle sent légèrement la transpiration. Il s'empare de la télécommande et baisse le son. « Qu'est-ce qu'on mange ? »

« Des pâtes. »

« Encore ! »

« Quoi, encore ? Tu n'as qu'à rentrer plus tôt et te lancer dans la haute cuisine si tu veux de la variation ! » Sa voix traîne, elle se ressert du vin.

« Écoute, j'ai eu une journée déjà assez difficile comme ça… »

« Moi aussi, figure-toi. Nina sourit artificiellement, mauvais signe. Et puis, moi, j'aime les pâtes. » Elle se lève avec une certaine élégance féline, il doit l'admettre, et se dirige vers la cuisine. « Et ce soir, je les aime avec beaucoup de crème. » Elle veut le provoquer, c'est sûr.

Stefan la suit dans la cuisine et ouvre le frigo. Il est presque vide. Dans le bac à légumes, il n'y a que quelques tomates, une salade agonisante, une poignée de radis fripés.

« Adriana n'a pas fait de courses ? » Il commence à en avoir sérieusement marre de cette soirée à peine commencée, et ça s'entend.

« Elle ne peut pas tout faire, quand même. » Nina met un paquet de pâtes dans l'eau bouillante et ajoute du sel, trop de sel. Stefan fronce les sourcils.

« Tout faire, tout faire, faut pas exagérer ! » Stefan examine le carton de lait de soja pour vérifier la date de péremption. « Tu la gâtes trop. » Il ne comprend pas l'indulgence de sa femme vis-à-vis d'Adriana. Lui, il se méfie d'elle. Rien contre les Roumains, mais ce ne sont pas toujours les rois de l'honnêteté, ça se sait. Oui oui, il l'admet, ce ne sont que des préjugés, mais il n'y a pas de fumée sans feu. Va-t'en savoir si les histoires sordides que cette femme a racontées à Nina sont vraiment vraies. En tout cas, elles lui paraissent très noires et blanches, assez clichés. Peut-être Adriana n'est-elle pas juste victime, pas si innocente que ça. Nina est trop naïve, parfois.

« Elle ne fait pas grand-chose, je trouve. À part s'occuper de Mathilde... dit-il, las.

« Tu es bien placé pour le savoir. » Nina a un petit ton chantant comme si elle lui proposait des bonbons, des bonbons empoisonnés. Stefan remet le carton de lait de soja à sa place et sort tomates, salade, radis du frigidaire. Il sent que c'est plus sage de changer de sujet. Il n'a pas envie de la ritournelle classique sur la répartition des tâches domestiques et des heures consacrées à leur fille. L'argument de sa charge de travail ne convainc pas Nina, ni celui de son salaire de juriste haut de gamme, très confortable et bien plus gros que le sien.

« Comment va la petite ? » Il lave la salade, brosse les radis. Avec une fourchette, Nina sort un spaghetti fumant de la casserole, essaie de l'attraper avec deux doigts, mais il glisse de la fourchette, tombe sur la table où il se tortille comme un ver de terre.

« Elle va bien. Mais elle était crevée. » Il a droit à un regard sévère, bleu foncé.

« Elle aurait voulu que ce soit toi qui lui lises une histoire avant d'aller dormir. »

Le ton de Nina chante toujours, innocence feinte. Elle aurait dû faire du théâtre. Il assaisonne la salade, ajoute radis et tomates et met la table. Le silence est la meilleure stratégie dans les tensions matrimoniales. Nina ne dit plus rien non plus, mais asperge les pâtes d'une grosse couche de crème. Rien qu'à les regarder, il est déjà écœuré. Ils mangent devant la télé, lui sa salade, elle ses spaghettis noyés.

Adriana

Elle attend d'être chez elle avant de composer le numéro de ses parents tout en augmentant le chauffage de la main gauche. Tant pis pour le coût du mazout. Adriana est frigorifiée, son petit appartement glacial. Le froid entre de partout. Il n'y a aucune isolation, dans ce bâtiment, et le plafond est si haut ! Si un jour elle a plus d'argent, elle déménagera dans un appartement moderne, c'est sûr. Avec des plafonds bas, des fenêtres à double vitrage, un ascenseur et, surtout, un hall d'entrée marbré. Un hall d'entrée marbré et bien éclairé, ça, c'est chic, ça fait classe, pas comme cette cage d'escalier étroite et millénaire, éternellement plongée dans le gris ou le noir puisque personne ne prend soin de changer les ampoules des paliers. Par contre, pour la puanteur, il y a du monde. Chaque étage a sa spécialité : la graisse à frites au premier, le curry au deuxième, le chou au troisième et l'eau de javel au quatrième, chez elle. Au moins, l'eau de javel, ça sent le propre, le rangé. Face à un monde en désordre, il faut un minimum de netteté chez soi. De la netteté et du doux, oui, un peu de doux quand même. Pour se sentir chez elle, feutrée, protégée, Adriana a décoré son appartement avec toute une collection d'ours en peluche. Ils sont partout : sur la commode, les rebords de fenêtre, le lit, le vieux fauteuil, l'unique étagère, la table basse. Ils sont grands, petits, moyens, ils sont bruns, blancs, noirs, jaunes, roses, tachetés, il y a des ours polaires, lippus, à lunettes, à collier, il y a des ours souriants, des ours grognons, des ours bébés et quelques grands-pères, pépés ratatinés, usés à force d'être caressés, lavés, exposés. Adriana a arrêté de les compter. Il y a en a tellement, tous accumulés au cours de ces cinq années en Belgique. Elle en reçoit encore, surtout de Gaston, et parfois elle en achète. Elle en offre aussi chaque Noël à son fils, dont l'enthousiasme décroît d'année en année. Adriana s'en rend compte, elle lui achète aussi autre chose, mais ne parvient pas à s'empêcher d'ajouter un nounours. Un ours, c'est fort. Même petit, même peluche, il protège. Cet animal a un certain pouvoir magique, elle en est sûre. Oui, Adriana a troqué le Bon Dieu contre les ours en peluche, ils ne répondent pas non plus, mais ont l'avantage d'être palpables, réels.

« Allo ? » Sa mère décroche après la troisième sonnerie.

« Bonsoir, Mamă, c'est moi, Adriana. »

« Adriana. J'attendais ton appel. » La voix de sa mère est inhabituellement calme, pas de trace de reproche, il y a juste un manque de modulation. Ceci trahit une fatigue, de quoi inquiéter Adriana.

« Tu vas bien, Mamă ? Et Papa ? Et le petit ? » Trop de questions à la fois.

« Tout le monde va bien. Bon, sauf moi. Disons, pas trop bien. »

Voilà Adriana alarmée. C'est si rare que sa mère parle d'elle. Et c'est peut-être la première fois qu'elle l'entend dire qu'elle ne va pas bien. Adriana presse le téléphone contre son oreille, sa respiration s'accélère. « Qu'est-ce qu'il y a ? »

Sa mère tousse, s'éclaircit la voix, parle enfin. « Je suis tombée avant-hier, en sortant le matin. » Elle fait une pause, reprend avec une petite colère dans la voix. « Une flaque d'eau glacée. Comme tu sais, le printemps se fait attendre. Et voilà, mon pied cassé. La côte fait mal aussi. La gauche. »

Elle s'arrête et rit un peu, comme si elle était gênée d'avoir parlé de ses douleurs. Adriana préfère nettement quand sa mère a son ton froid, quand elle lui fait des reproches. Une mère affaiblie, elle ne supporte pas trop.

« Ton pied cassé ? T'es allée chez le médecin ? Et comment tu fais, maintenant ? Il t'aide, Papa ? Et le petit ? » À nouveau trop de questions à la fois, aux intonations impatientes, sa mère n'a pas le temps de répondre.

« Passe-la-moi ! » Son père prend la relève, lui qui déteste le téléphone.

« Adriana. Faut que je te parle. » Son ton est décidé.

Adriana commence à transpirer, malgré le froid. Quand son père lui parle, les conséquences sont lourdes.

« Ta mère devra se reposer pendant un bon bout de temps. Elle ne doit pas marcher et son pied ne doit pas bouger. Moi, j'ai mon travail. Et maintenant, je dois aussi faire son travail et prendre soin d'elle. Alors toi, tu devras t'occuper de ton fils. Tu es sa mère. » Il fait une petite pause pour que le message passe. « Tu dois le prendre chez toi pendant un ou deux mois. » Nouvelle pause. « Tu viens et tu le prends. Le plus vite possible. »

Verdict.

On ne discute pas avec le père d'Adriana, elle le sait. On ne le fait pas changer d'avis, ça ne marche plus depuis qu'on l'a forcé à aligner son avis sur le pouvoir, depuis qu'on lui a interdit d'exprimer son opinion en public pendant vingt-quatre longues années. Maintenant, il se rattrape. Il dit haut et fort ce qu'il pense, sans mettre de gants. Il n'a pas un avis sur tout, loin de là, il ne se prend pas pour omniscient. Adriana aime sa modestie, d'ailleurs, sa prudence avant de parler, sa façon de peser le pour et le contre. Mais une fois qu'il s'est forgé un avis sur quelque chose ou qu'il a pris une décision, il n'y a pas de retour. Le petit ne peut pas rester chez eux le temps que sa femme se remette sur pieds. Adriana doit prendre la relève. Un point, c'est tout.

Adriana ne dit rien, abasourdie. Le petit, ici ? Dans son minuscule appartement ? Dans cette grande ville ? Dans ce pays étranger ? Qu'est-ce qu'il va faire, pendant qu'elle travaille ? Il va rater l'école, en plus ! Tourner en rond. Vouloir manger trois fois par jour. Il a besoin de fruits, de légumes. C'est cher. Il voudra jouer, crier, sauter, courir dehors. Ici, il n'y a pas de jardin, pas de cour, le prochain parc est à vingt minutes à pied, le petit ne pourra pas y aller seul, la ville est dangereuse, les voitures, camions, motos sont partout, le petit n'est pas habitué au trafic.

Et puis, il ne connaît pas Gaston. Gaston va l'effrayer. Et il va effrayer Gaston. Pour Gaston, le petit n'existe pas vraiment. Elle en parle peu, il ne demande rien, ce n'est pas son gosse à lui, il ne l'a jamais vu, seulement sur une photo qu'Adriana a accrochée à côté de la télé. Le petit avec son cartable, propre et peigné, calme et sage comme une image. Image trompeuse, elle le sait, le petit est plein d'énergie, toujours à courir dehors, dans les champs, à travers la forêt, en liberté. Ici, il sera en prison, et elle condamnée à jouer la gardienne, quelle angoisse !

« Il n'y a pas d'autre solution ? » Sa question sort presque en cri, elle se trouve hystérique, mais pour une fois, elle ne se contrôle pas.

« Non, Adriana. » Son père a un ton dur, impatient. « Ton frère a assez à faire avec ses gamins à lui. Tante Silvia n'est pas en forme, les voisins sont trop vieux. Personne ne peut s'occuper du petit ici en attendant que ta mère se remette. On t'attend. Viens le plus vite possible. » Il raccroche.

Adriana se lève, elle a chaud, ses joues brûlent, ses oreilles aussi. Elle va vers le lavabo, boit de l'eau, retourne, s'affale sur le sofa, ronge ses ongles, arrache les petites peaux avec ses dents, renifle son ours préféré. Demain, il faudra prendre les billets, ses dernières économies vont s'évaporer. Elle voudrait bien exploser, mais la petite boule dure se contente de jouer au billard dans son corps et cogne un peu partout. Sans faim, Adriana réchauffe le contenu d'une boîte de boulettes à la sauce tomate, ne mange que la moitié, prend une douche trop chaude, trop longue et n'appelle plus Gaston. Elle pense au petit sans cesse, elle n'a pas entendu sa voix ce soir. Craint-il sa venue en Belgique autant qu'elle la craint ? Une chose est sûre : il va bousculer sa vie. Elle se glisse dans son lit, attrape la télécommande, il lui faut des images et du bruit. La nuit sera blanche.

Cosmin

Micu est d'accord avec lui, il est toujours d'accord avec Cosmin. Ce bon vieux chien est son doudou d'amour, son premier confident, son compagnon de toujours. Ils sont couchés côte à côte par terre, sous le vasistas de la minuscule chambre de Cosmin. Le jeune garçon caresse Micu avec tendresse. « Un voyage ne se refuse pas, hein, Micu ! Surtout un vrai voyage, pas juste une excursion dans le village d'à côté. Un vrai voyage en avion, tu t'imagines, Micu ? » Le chien lui lèche la main. Cosmin se penche vers l'oreille de la bête et lui explique à mi-voix : « D'abord, il faut aller à Bucarest, à l'aéroport. Là, il faut prendre l'avion, il va monter bien loin, dans le ciel ! » Cosmin regarde par la fenêtre au-dessus de sa tête, fixe une étoile. « Je serai une trace blanche, une fusée entre les nuages, un oiseau géant ! » La voix de Cosmin se lève, s'emballe. Mais Micu ne réagit pas, il s'est endormi. Pas gêné, lui ! Mais Cosmin lui pardonne, il lui pardonne toujours. Et tant pis pour Micu, il parlera de tout ça demain matin à Sandu. Sandu est le deuxième sur la liste de ceux qui ont droit aux nouvelles épatantes de Cosmin. Ah, Sandu, il va faire des grands yeux, il voudra partir aussi. Cosmin lui racontera tout ! Le voyage, l'avion, la destination. D'accord, pour la destination, il faudra qu'il invente un peu. Elle ne lui évoque pas beaucoup d'images, il a beau se concentrer, rien ne vient. Bruxelles, c'est la ville, Belgique, le pays, oui, ça, il sait. Hmm, et qu'est-ce qu'il sait encore ? Qu'il y a beaucoup d'ours en peluche, là-bas, sa mère lui en ramène un à chaque fois qu'elle vient. Cosmin fait semblant de s'en réjouir, mais bon, il n'est plus un bébé. Maman ne se rend pas vraiment compte qu'il est grand, maintenant, sans doute qu'elle travaille trop. Parce qu'en Belgique, il y a beaucoup de travail, encore plus qu'ici. En tout cas, c'est ce qu'elle lui a dit. D'ailleurs, ça l'inquiète un peu, Cosmin. Le travail, il n'aime pas trop. Il faut toujours aider, aider, aider. Essuyer la vaisselle, rentrer le bois, ramasser les pommes, chercher le foin, nourrir les poules, éplucher les pommes de terre. Il travaille beaucoup, lui, après l'école ! Ce n'est pas de la rigolade. Mais oui, il le sait bien, les grands-parents ne peuvent pas faire tout tout seuls, il est d'accord. « Toi aussi, Micu ? » Micu ronfle.

Cosmin s'inquiète : est-ce qu'il devra aussi aller à l'école et aider, là-bas en Belgique ? Le travail sera-t-il plus dur ? Sa mère en parle peu. Elle n'a pas l'air si emballée de vivre là-bas. Mais elle y retourne quand même, depuis toujours, enfin pour autant qu'il s'en souvienne. C'est la preuve que ça ne doit pas être si mal en Belgique, non ?

Cosmin met les bras autour de Micu, presse son visage dans les poils doux à l'odeur sévère, mais si familière. Micu va lui manquer, Sandu aussi. Et bien sûr les grands-parents, Bunică et Bunic. Il n'a encore jamais été loin d'eux. Ils font partie de sa terre, de son ciel, de son matin, midi et soir. Même la nuit, ils veillent sur lui. Il les aime, ça, il sent là, dans son intérieur, entre ventre et gorge, direction cœur, même quand Bunic, son grand-père, lui donne une baffe ou Bunică une punition. Soudain, Cosmin a envie de courir à la cuisine, de se cacher dans les plis de la jupe de sa grand-mère comme quand il était petit. Mais non, ça ne va pas, il est trop grand maintenant, presque 11 ans déjà, et de toute façon, Bunică est déjà couchée, son pied posé sur deux coussins. Il lui faut du repos. Et grand-père ne sera pas content s'il redescend. « File au lit, petit », lui a-t-il dit après avoir parlé au téléphone avec Maman. « Vite, va dormir ! » Son front était plein de nuages. Cosmin est monté à la vitesse du vent pour éviter l'orage.

Cosmin donne une dernière petite caresse au chien, se relève du sol et commence à se déshabiller. Il essaie de retrouver l'excitation de tout à l'heure, l'emballement du voyage en perspective. Mais une sale petite angoisse s'y est infiltrée. « Cosmin, se dit-il avec la voix de sa maîtresse, tu ne seras pas seul, là-bas. Il y aura ta maman. » À vrai dire, ça lui fait un peu peur aussi. Est-ce qu'elle est contente qu'il vienne ? Il ne sait pas, il en doute un peu. Il ne la connaît pas si bien, sa maman. Il ne pense que rarement à elle. Parfois, il oublie même son visage. Quand elle vient pour les vacances, ça ne se passe pas toujours très bien. Il y a de l'électricité dans l'air, entre elle et les grands-parents, entre elle et les voisins, entre elle et les copains. Elle peut être sévère parfois, dure, même avec lui. Mais jamais avec Micu, ça non, elle l'aime autant que lui. Le chien le lui rend bien, il la suit partout quand elle est là. Et quand elle n'est pas là, il suit Cosmin. Sauf quand il dort, bien entendu, sauf quand il ronfle, sauf quand il bouffe, sauf quand Cosmin est à l'école. Micu sera triste quand Cosmin sera parti aussi. Peut-être qu'il se demandera pourquoi il ne rentre pas, il le cherchera partout, sans résultat. Pauvre bête. Cosmin se dit qu'il lui réexpliquera le tout juste une heure avant le voyage. Micu comprendra. Si ! Il comprend beaucoup, bien plus qu'on ne croit. Cosmin lui dira aussi qu'il ne doit pas s'inquiéter, qu'il reviendra, pour sûr. « Hein, Micu ! » Il se penche vers le chien qui ronfle imperturbablement. « Je reviendrai, tu sais. Faut juste que le pied de Bunică guérisse. Il guérit mieux sans moi. Je n'ai pas tout à fait compris pourquoi, mais si Bunic le dit… »

Cosmin enlève ses chaussettes et met un t-shirt propre avant de se glisser dans son lit. Samedi, il ira chez Agneta, sans faute. Depuis un an, sous la pression de Bunică, Agneta lui donne des cours de français le samedi matin – si Cosmin ne trouve pas une bonne excuse pour s'esquiver. C'est qu'il n'adore pas ces cours. Agneta est sévère, et en plus, il faut encore s'asseoir, écouter, répondre, apprendre, comme s'il n'avait pas déjà assez de ça du lundi au vendredi à l'école. Mais maintenant, il y a urgence. Le français peut être utile en Belgique. Et puis, il veut épater Maman. Elle ne sait pas qu'il apprend le français, ce sera une surprise pour elle. Les surprises, c'est une bonne chose. Cosmin les adore. Il les guette, surtout les jours de pluie. Mais elles se font rares. Puis bang ! Elles viennent en cascade quand on s'y attend le moins. Le pied, le voyage, l'avion, revoir sa maman. Cosmin se roule en boule sous sa couette, devient lourd, puis léger. Il glisse vers d'autres lieux, en oiseau élégant. Micu l'accompagne d'abord, doté d'ailes poilues, mais il ne parvient pas à décoller. Les poils l'empêchent. Cosmin le voit, mais ne peut rien faire. Il vole de plus en plus haut, le chien est déjà tout petit. Cosmin hurle vers la terre : relève-toi, Micu, viens ! Viens avec moi. Sa voix ne porte plus, les nuages l'enlacent.

Dorina

Au lit à huit heures, comme un enfant. Sans bouger, plombée par un pied, le plâtre comme un boulet. Dorina soupire. La colère remonte. Cette sale glace, si lisse et hypocrite, elle miroite, attrape la lumière, se cache à l'ombre, puis fracasse. Et voilà Dorina couchée comme une tortue sur le dos. Les douleurs viennent par vagues, atténuées par la *Țuică*, mais l'alcool de prunes ne parvient pas à diminuer les angoisses. Elles colonisent son cœur, lui donnent trop de lourdeur. Même la poitrine lui fait mal quand elle pense au petit. À son petit à elle. Son étoile du soir, du matin. Son petit dragon turbulent. Le seul qui ne l'a jamais déçue, jamais trop inquiétée. Il lui est plus proche que ses propres enfants : une fille silencieuse, mais éternellement rebelle, source intarissable de soucis, et un fils au caractère faible, de plus en plus distant, sous le joug de sa femme et de ses enfants. Deux enfants difficiles, chacun à sa façon. Mais son petit, lui, il est facile et proche et doux. Le seul qui l'embrasse encore. Le seul qui la fait rire, avec ses bêtises, avec son regard de jeune renard et ses petites histoires. Il est si drôle, parfois ! Attentionné, en plus. Hier, il lui a amené un petit bouquet de perce-neige et, dans une vieille boîte à chaussures, un escargot sur quelques feuilles de chou. « Fais comme lui, Bunică, tu vas guérir plus vite. » Mihai lui a ordonné de remettre immédiatement l'escargot dehors. Le petit était déçu. Parfois, Mihai est un vrai rabat-joie.

Dorina soupire et réajuste le coussin sous sa tête. Le petit va partir, quelques semaines, peut-être deux mois. Mihai le veut. Et ce que Mihai veut, Dieu le veut – s'il existe encore. Elle a des doutes, Dorina, et ce ne sont pas les communistes qui les lui ont injectés. Elle les a produits toute seule, bien après que le vampire rouge a été fusillé. S'il existait, le Bon Dieu, il aurait pu lui épargner le pied cassé, le voyage en perspective, son petit bientôt absent. Et il aurait pu éviter des choses bien plus difficiles encore, s'il était de bonne volonté. Le pire. Ce qui a blessé sa fille, qui l'a salie, abîmée, avec des dommages irréversibles. Faudra que Monsieur Dieu soit très convaincant s'il veut que Dorina lui refasse confiance.

Elle boit sa dernière goûte de *Țuică*, remonte la couverture en laine jusqu'au cou et éteint la lampe de chevet. Il faut qu'elle dorme pour que le pied guérisse le plus vite possible. Elle se demande quand sa fille viendra chercher le petit. Déjà ce week-end ? Espérons que ce ne soit pas si vite, mais Mihai fait pression. Il a peut-être raison. C'est vrai que dans son état, Dorina ne peut pas bien s'occuper du petit, et elle ne peut pas faire son travail non plus. Mihai doit maintenant s'occuper tout seul des bêtes et du champ, il doit cuisiner et nettoyer, enfin, disons, essayer de cuisiner et de nettoyer, il n'a pas l'habitude. Tout le boulot pour lui, et ça, à son âge ! Il a quand même presque dix ans de plus qu'elle. Son dos est voûté, ses doigts pleins de nœuds, l'arthrose ne l'épargne pas. Dorina soupire à nouveau et ferme les yeux. Elle se sent épuisée, incapable de quoi que ce soit, déprimée. Des semaines pénibles en perspective. Condamnée à l'inactivité, dépendante de Mihai, privée du petit.

Quand Mihai entre dans la chambre une heure plus tard pour se coucher à côté d'elle, Dorina s'est endormie. Mais son sommeil est agité, ses rêves sont faits de formes sans visage, d'ambiances sans mots. Noires, froides, menaçantes. L'ombre de glace est longue.

Nina

Comme si souvent, Stefan est allé se coucher avant vingt-trois heures. Le sommeil est sa deuxième fixation après l'alimentation saine. Ah, Nina oubliait la condition physique, d'importance cruciale aussi. Il faut rester *fit*. *Fit* est l'un des mots préférés de Stefan. Nina par contre le déteste. Elle n'est pas *fit*, elle ne veut pas l'être. Surtout s'il faut se torturer pour atteindre cette mise en forme, dictée par le culte du beau corps, d'une éternelle jeunesse. Faire du sport n'est plus un plaisir, mais devient une obligation. La chair doit être ferme, les muscles développés, le ventre plat. Une dictature sans joie. En tout cas, après son jogging, Stefan n'a pas toujours l'air épanoui. Il est à bout de souffle, des taches rouges parsèment son visage et la transpiration lui colle les cheveux au crâne. Parfois il boîte même, se traîne à la salle de bain, avec un visage de martyre, mais Nina fait semblant de rien. Si elle ouvrait la bouche, elle s'en moquerait. Donc elle se contient. Oui, elle sait qu'elle n'est pas toujours gentille avec lui, mais elle ne veut pas l'humilier.

Sa virilité est assez fragile comme ça. Il ne faut pas ajouter des fissures, il y en a déjà trop. Pourtant, il n'a que 44 ans, un peu jeune, non, pour faiblir ? Est-ce dû à son alimentation frugale ? Ou à son travail, ces heures infinies à être fourré dans son étude, dans ses paragraphes, à explorer toutes les interprétations des lois, à rédiger des plaidoyers tordus, au service des grosses entreprises ? Ou en a-t-il juste marre d'elle, de son corps vieillissant, de leur couple de moins en moins harmonieux ?

Nina a du mal à s'imaginer qu'il drague d'autres femmes. Il est trop occupé par lui-même, semble-t-il. Même Adriana, jeune et ferme, un peu dure dans les traits, mais d'une beauté hautaine et plutôt bien roulée, n'a jamais retenu chez lui une attention particulière, un regard admiratif. Nina a pourtant bien observé son mari au début, quand Adriana a commencé à travailler chez eux. Elle l'a même questionné, d'un ton moqueur : « Alors, elle te plaît, la nouvelle nounou ? Elle n'est pas mal, hein ? »

Regard indigné de Stefan : « Mais enfin, Nina, je ne vais quand même pas draguer la baby-sitter. » Sa voix était sèche. « Ça fait un peu cliché, non ? »

Et alors ? Depuis quand on n'a plus droit aux clichés ? En repensant à cette scène, Nina se dit que son mari ressemble surtout de plus en plus au cliché de l'Allemand rigide et sans humour. Pourtant, justement, ce cliché-là, rabâché encore et encore, elle le déteste. Mais il faut l'avouer, pour Stefan, ça colle. Sans doute parce qu'il vient du Grand Nord de l'Allemagne, parce qu'il est un poisson froid, comme on dit des gens du Nord, chez elle au Sud. Au Sud, ils sont bien plus amusants, des bons vivants. Travailleurs et économes, ça oui, mais ils aiment quand même manger, boire, parler et rire. Peut-être aurait-elle dû épouser Florian, aux joues de bébé, à la panse positive, aujourd'hui viticulteur, père de famille épanoui, un homme serein. Est-ce qu'il pense encore parfois à elle ? À l'époque, il était un prétendant assidu, fou amoureux. Elle l'aimait bien. Mais elle le méprisait quand même un brin. Il était attentionné et gentil, mais si immobile. Florian était trop attaché à son village, ses parents, ses amis d'enfance, sa terre, ses vignobles, son chien, son cheval. Voyager ? Non merci !

Et elle, elle ne pensait qu'à ça, après le bac. « Vas-y, voyage, je t'attends », avait-il dit à Nina, généreux, patient. Elle était partie, pendant trop longtemps et trop loin. Six mois en Asie, six en Afrique, et quelques années à Berlin, pour étudier. Elle avait presque oublié Florian, elle était trop occupée à dissimuler ses origines souabes, son accent du Sud qui lui semblait soudainement si provincial dans la « capitale ». Elle draguait des étudiants à la réputation avant-gardiste, les dénicheurs des endroits les plus branchés de la partie est de la ville, tellement en vogue suite à la chute du mur, qui aimantaient tous ceux qui voulaient faire partie de… hm, de quoi, exactement ? Elle a oublié. De temps en temps, quand elle passait quelques jours de vacances chez ses parents, Nina allait voir Florian, avec joie, d'ailleurs. Il la rassurait, la prenait comme elle était sans vouloir la changer, il était une des rares constantes dans sa vie. Là où elle se posait 326 questions, lui il proposait des réponses simples, remplies de bon sens. Mais au fil du temps, il a commencé à s'émanciper d'elle, à voir d'autres filles. Nina était un peu jalouse, mais voyait bien qu'elle ne pouvait lui faire aucun reproche puisqu'elle n'arrêtait pas de voir si la pelouse n'était pas plus verte ailleurs.

Ensuite, il y avait eu son année Erasmus en Belgique – elle avait dû regarder sur la carte où se trouvait ce pays – qui lui avait définitivement tourné la tête : vers le poisson froid, plus chaud à l'époque, étudiant brillant, gagnant du concours de rhétorique à l'université, et ça, dans une langue qui n'était pas la sienne, un bel homme de surcroît et, ah oui quand même, un bon parti. Faut dire ce qui est : elle avait appris à apprécier un peu exagérément le confort matériel suite à ses expériences de globe-trotter au porte-monnaie anémique. À peine ses études terminées et après un stage à la Commission européenne, Stefan avait été embauché dans un cabinet international réputé. Il avait proposé à Nina de rester avec lui à Bruxelles, ville d'adoption, tellement plus multicolore et chatoyante que le bled souabe de Florian.

Et quelques années plus tard ? Nina fronce les sourcils : le bilan est désenchantant. Elle se trouve coincée dans une cage dorée de banlieue calme, interchangeable, végétant entre un train-train du quotidien, un mari taciturne et une fille difficile, ravivant avec quelques verres de vin de vieux souvenirs. Quelle médiocrité.

Nina soupire, repose son verre vide et éteint la télé pour s'emparer aussitôt de son smartphone, son doudou à elle, chapelet moderne. Elle glisse son pouce sur l'écran sans se concentrer sur ce qu'il lui offre. Elle repense à Stefan d'avant et à celui d'aujourd'hui qui lui devient étrange. C'est vrai, ils ne se parlent plus beaucoup. Des remarques passent de l'un à l'autre, oui, des petits ordres, des informations concernant la vie quotidienne afin que leur emploi du temps se déroule sans trop de heurts. Mais de vrais échanges ? Des complicités ? Des amusements communs ou des discussions animées sur des sujets un peu ambitieux ? Rien, *nichts*. Stefan s'anime seulement quand il se demande à haute voix quel tableau acheter pour la chambre d'amis ou quelles vacances réserver pour obtenir le meilleur résultat qualité-prix-frime. Et elle ? C'est pire, elle le sait. Depuis un bon moment, tout l'indiffère, presque tout. Rien ne la passionne. Même sa famille, ses patients, ses amis provoquent en elle tout au plus un tiède émotionnel. Des hobbys ?

Elle n'en a pas, elle n'en a plus, chaque nouvelle occupation ou petite initiative débouche rapidement sur l'ennui, suivi de l'abandon. Il y a en elle une lassitude sans fin. Elle accomplit les journées, franchit les étapes entre matin et soir, exécute ses devoirs sans enthousiasme, en cochant mentalement chaque case de son agenda. Un vrai petit hamster dans sa roue, se contentant d'un peu de foin en forme de vin pour continuer le lendemain. Le pire : elle n'a même pas l'énergie de se révolter. Il faudrait sans doute qu'elle fasse une supervision, qu'elle aille voir un psy. Elle pourrait s'installer face au miroir. Nina rigole un peu toute seule, sans joie. Quand elle se lève enfin du canapé, sa tête tourne. Elle éteint les lumières du salon et se dirige vers son bureau pour y déposer son smartphone – Stefan craint les ondes dans la chambre à coucher. Elle trébuche sur son sac à main qui traîne par terre dans l'entrée, ce qui a dû enchanter son mari, un homme si ordonné.

Nina aime beaucoup son bureau. C'est son petit royaume à elle, sans tableau de valeur, sans arrangement design, contrairement à l'ameublement des autres pièces : une mise en scène du bon goût, méticuleusement orchestrée par Stefan qui se hisse en architecte d'intérieur depuis qu'ils ont acheté cette maison. C'est lui qui a décidé du style – épuré, strict, sobre –, des couleurs – blanc, crème et gris – et des peintures – abstraites, modernes, japonisantes. Ni teintures, ni tapis, ni tissus. Aux fenêtres, des stores – sans poussière, sans allergènes, télécommandables. Le sol en marbre, parquet ou carrelage. Les fauteuils en cuir, lavables. Ici et là, quelques plantes vertes, grand format. Peu de bibelots et aucun meuble ancien avec ses vers de bois, ses griffes, une histoire. L'heure est au moderne, à la courte mémoire, sans guirlandes, sans compromis. Même leur chambre à coucher dégage une ambiance aseptisée de laboratoire. Stefan a catégoriquement refusé chaque adoucissant. Nina l'a laissé faire, comme on laisse un enfant construire son château de sable – si ça le rend heureux, tant mieux. Mais pour la chambre de Mathilde (teintures roses, coussins, peluches), elle a négocié une exception. Et pour son bureau à elle, Nina s'est imposée. De toute façon, il n'y entre jamais. Dans cette petite pièce du rez-de-chaussée, Nina a mis un tas de « vieilleries », comme son mari les décrit, mais elles tiennent Nina à cœur : un bon gros tapis sur le sol, de couleur bordeaux, orné de feuilles vert foncé, un crapaud vert miteux, héritage de son arrière-grand-mère, deux étagères remplies de livres et un secrétaire en bois massif. Elle dépose sa mallette sur le crapaud et son téléphone sur le secrétaire. Elle aime ce meuble, c'est son parrain qui le lui a offert pour son mariage. Il a plusieurs tiroirs. À droite, ils sont remplis de vieilles paperasses, de lettres et de photos, et à gauche de quelques petits objets – des souvenirs, des bijoux, des bibelots.

Dans le tiroir le plus bas, il y a une boîte en velours qui contient ce que Nina appelle son gri-gri, un porte-bonheur : un œil de tigre oscillant entre le brun et le jaune doré. La pierre a une forme vaguement ovale et s'adapte parfaitement à sa paume. Elle est sans grande valeur matérielle, mais oh combien sentimentale ! Elle rappelle à Nina qu'elle a été une autre, jadis. Nina dans une version plus jeune, plus engagée, plus passionnée, prête à découvrir, s'ouvrir et y mettre du sien pour les autres. C'est Innocent qui lui avait offert cette pierre, un jeune réfugié de l'Est du Congo, trois ans plus jeune qu'elle, mais marqué par la souffrance, la vraie. Ils avaient parlé toute une nuit dans un bar sombre de Johannesburg. Le lendemain, Nina quittait l'Afrique du Sud pour la Namibie. Le récit d'Innocent mais aussi sa force, sa sérénité avaient bouleversé la jeune femme de 20 ans qu'elle était à l'époque. Elle ne connaissait la guerre, la violence, les expulsions et la perte des êtres aimés que par le journal télévisé, filtrés en portions digestives, peu compréhensibles et peu palpables car loin de sa propre réalité. Quand ils s'étaient séparés, le jeune homme lui avait donné la pierre. Son geste gracieux, sa générosité avaient ému Nina aux larmes : lui qui avait presque tout perdu offrait sans hésiter. « Cette pierre te protégera des mauvais sorts, elle te donnera de l'énergie. » Nina avait serré Innocent fort dans ses bras, incapable de prononcer un mot de remerciement. Elle s'était dit qu'elle garderait le contact avec lui, qu'elle reviendrait après ses études travailler en Afrique, s'occuper en tant que psychologue des traumatismes des victimes de guerre. Elle ne l'a pas fait, ni l'un ni l'autre. Mais la pierre, étrangement, n'évoque pas en elle un sentiment d'échec ou de devoir non accompli, au contraire : elle l'apaise, la fortifie.

Parfois, comme ce soir, Nina la prend dans sa main, la caresse avec un doigt, la porte à ses lèvres, à sa joue, admire ses couleurs, sa texture presque soyeuse. Pierre magique, talisman précieux. Puis elle la remet soigneusement dans sa boîte, dans le tiroir, avant d'aller se coucher, enfin. Il est presque une heure du matin.

Gaston

Le réveil sonne, il est sept heures pile, le soleil ne s'est pas encore levé. Gaston quitte son lit sans trop de regrets. Il est du matin, il aime l'aube. Il aime aussi l'odeur du café frais, du pain toasté, les voix dynamiques à la radio. Sa douche est chaude, longue, savonneuse. Plaisirs cumulés d'un début de journée. Il se rase soigneusement et se demande pourquoi Adriana ne l'a plus appelé hier. Elle ne veut pas qu'il la contacte via téléphone. Ils ont un accord : c'est elle qui l'appelle, mais c'est lui qui va chez elle, à l'autre bout de la ville. À vrai dire, Gaston préfère nettement son appartement à lui, plus grand, plus confortable, et doté d'un lave-vaisselle, atout indéniable. Mais Adriana veut toujours qu'il vienne, elle est plus à l'aise chez elle, maîtresse des lieux et de ces drôles de nounours. Gaston s'en est accommodé, de toute façon, il n'y va pas chaque jour. Il y passe les week-ends et parfois le mercredi soir puisque ce jour-là, Adriana ne travaille que la matinée. Les autres jours de la semaine, ils ne se voient jamais, par contre elle l'appelle le soir ou lui envoie au moins un message. Hier : rien. Mais Gaston ne s'inquiète pas trop. Il beurre son toast et y étale une couche généreuse de confiture. Adriana n'est pas toujours prévisible. Bien qu'ils sortent ensemble depuis deux ans, elle reste pour lui difficilement cernable. Ses sautes d'humeur non verbales, son côté chaud-froid, défensif-agressif, ses éternels silences sont parfois agaçants. Mais Gaston est amoureux d'elle. Il aime ses yeux clairs, son rare sourire, ses seins ronds et sa peau de crème qui forme un si beau contraste avec la sienne. Il aime sa façon de comprendre vite les choses, de réagir avec efficacité – même au lit, sans faire trop de mots, ses yeux parlent pour deux. Adriana est peut-être farouche, lunatique, difficile, mais pas ennuyeuse. Gaston n'aime pas les femmes tièdes, lisses, sans caractère, sans relief. Et il aime conquérir. Adriana, il faut la conquérir en permanence. Elle est une forteresse qui n'ouvre que rarement son pont-levis. Parfois, elle l'observe à travers les meurtrières sans le laisser entrer. Elle est sa princesse slave, toujours un peu trop distante pour qu'il puisse l'attraper pour de bon. Il devine son côté abîmé, blessé, et veut être son protecteur, fort et fiable.

Gaston se fait un deuxième toast, regarde sa montre, huit heures quinze, il doit se dépêcher pour arriver à l'heure au boulot. Les retards, il les déteste. Juste quand il monte dans sa voiture, le téléphone sonne.

« Bonjour, Gaston, c'est moi. » Adriana a le ton des mauvais jours, une octave plus bas que d'habitude. Gaston l'identifie toute de suite. Bien qu'il soit pressé, il s'efforce de parler calmement.

« Bonjour, ma chérie, content de t'entendre, mais je dois filer, là. Je viens ce soir ? »

Adriana ne répond pas à sa question, mais l'informe d'une voix morne. « Je dois partir en Roumanie. Le plus vite possible. » Comme si elle devait aller à son propre enterrement.

Gaston s'étonne. « Chez toi ? Il y a quelque chose avec tes parents ? » Il coince son portable entre son oreille et son épaule et démarre la voiture.

« Oui, non, enfin il y aussi autre chose, mais bon, je t'expliquerai plus tard. » Adriana n'est pas claire. Gaston se met en route, sa tranquillité est perturbée, mais il se veut rassurant.

« Bon, je viens ce soir et tu m'expliques. Je suis à la bourre, excuse-moi. »

« OK. Bye. » Adriana raccroche sans lui laisser le temps de répondre. Gaston sent un léger agacement, il soupire et change de vitesse. Elle n'est pas facile, se dit-il. Parfois, elle est franchement chiante. Toujours ses jeux de cache-cache, ses petits mystères. Mais c'est ça qui fait son charme, n'est-ce pas ? Oui, mais bon, c'est un charme souvent pesant, fatigant. Parfois ça l'étonne qu'il soit si attiré par les femmes compliquées, peu équilibrées. Avec Marie-Ange c'était pareil, non pire, puisqu'elle était un poil hystérique en plus. Quand il pense à cette espèce de secte dans laquelle elle avait essayé de l'entraîner, il a la nausée. Heureusement qu'il s'en est débarrassé, cette femme était vraiment trop tourmentée.

Gaston pense alors avec tendresse et gratitude à sa mère, une femme de tempérament égal, calme, retenue, presque timide. Petite et menue, mais forte. Elle avait élevé ses fils quasiment toute seule et leur avait offert une enfance protégée, ordonnée, sans heurts majeurs. Pourtant, cela n'avait pas été toujours facile pour elle, une femme blanche avec deux garçons métis. Les regards des gens, les questions : « Ils sont à vous, ces deux-là ? » Ou pire : « Ont-ils le même père ? » Comme si leur mère, par le seul fait que ses enfants n'avaient pas la même couleur de peau qu'elle, était volage. Encore des années après, ça mettait Gaston en rage. Sa mère avait toujours été sérieuse, fidèle et soucieuse de transmettre à ses fils une image positive de leur couple séparé géographiquement. « J'aime votre père, mais lui ne peut pas vivre ici, et moi je ne peux pas vivre là-bas. C'est comme ça. Parfois il vaut mieux se séparer pour garder l'amour. »

Quelques mois après la naissance d'Émile, de deux ans le cadet de Gaston, leur père était retourné à Lubumbashi. Le manque d'opportunités professionnelles en Belgique, les petits racismes de tous les jours dont il était la cible et la grisaille bruxelloise l'avaient trop démoralisé. Son mal du pays était devenu insoutenable. Dans ses souvenirs, Lubumbashi se transformait progressivement en un paradis. Et à la mesure où il embellissait cette ville, il noircissait Bruxelles.

« Je ne serai jamais chez moi ici, Marie, avait-il expliqué à sa femme. Je serai toujours un étranger, l'Africain, noir, nègre. Je ne supporte plus ces regards, cette place qui reste vide à côté de moi dans le bus ou dans le métro, la question si je vis à Matonge, les "rentre chez toi" si je me plains de quelque chose. »

Sa femme avait essayé de le convaincre de rester quand même, de ne pas devenir parano, de ne pas voir le racisme partout. Mais il n'y parvenait pas, il maigrissait, déprimait et maugréait à longueur de journée. Quand il s'était enfin décidé à partir, à rentrer au Congo, Marie n'avait pas voulu le suivre. Elle craignait l'instabilité politique et un avenir incertain pour ses fils. Elle craignait aussi de se retrouver coincée entre les expatriés belges sur place – une communauté restreinte, entremêlée, avec une mentalité de nouveaux riches, teintée de colonialisme – et la famille congolaise de son mari – envahissante, dominante, influente. En Belgique elle avait un travail, son indépendance, ses amis et sa famille. Une famille qui comptait pour elle, malgré les réactions négatives que ses parents avaient eues quand Marie leur avait parlé de son amoureux pour la première fois (« un Congolais ! Un noir ? C'est quoi, cette histoire ? »). Le fait que « le noir » s'appelait Joseph (comme l'oncle de Marie) et que les deux avaient essayé de détendre l'atmosphère lors des premières présentations avec une blague (« Marie et Joseph, rien de plus classique ») avait déridé l'assemblée familiale. Et au fil des années, les parents s'étaient faits à leur gendre. Mais plus que tout, ils adoraient Émile et Gaston, leurs petits-enfants, et ne voulaient à aucun prix qu'ils quittent la Belgique : « Ils sont si beaux, ils sont si petits, il faut qu'ils restent ici. »

Discussions, pleurs, remises en question, indécisions, mais pour finir, Marie était restée, Joseph était parti. Ils s'appelaient un jour sur deux et se revoyaient chaque été : des retrouvailles prudentes, de courte durée, mais joyeuses quand même. C'était toujours le père qui venait. Les parents avaient l'air heureux pendant ces quelques semaines ensemble. Leur mère rajeunissait, ses traits se lissaient et son rire se multipliait. C'est aussi pour ça qu'Émile et Gaston avaient gardé une image positive du père, malgré le fait que cet homme leur restait étrange, tout autant que son pays lointain, peu connu, auquel ils ne s'identifiaient pas.

C'est seulement quand leur mère était décédée, il y a quatre ans, qu'ils avaient appris que leur père avait fondé une autre famille à Lubumbashi et qu'ils avaient désormais trois demi-sœurs. Émile avait été furieux, il s'était senti trahi et avait coupé les ponts avec leur père. Gaston avait été plus modéré et juste très soulagé que sa mère n'ait jamais rien su.

De temps en temps, pour les anniversaires, les grandes fêtes, son père et lui s'appellent encore. Des appels polis, aimables, des rapports distants, mais existants. Ils rassurent Gaston et honorent le souvenir de sa mère. Il doit sourire en pensant au dernier échange téléphonique avec son père, le jour de son trente-quatrième anniversaire, il y a quelques semaines.

« Je pense que j'ai l'âge de devenir grand-père, mon cher fils. »

Gaston a ri. « Grand-père ? Mais non, tu es bien trop jeune. »

« Mais c'est toi qui vieillis, Gaston ! Ne traîne plus trop. Il faut se marier, avoir des enfants, même s'ils sont fatigants. » Le père a ri aussi. « Les enfants, c'est la vie ! »

Gaston a failli lui parler d'Adriana, pour le tranquilliser, le rassurer : son fils est un homme, un vrai, et peut-être il se mariera.

Mais Adriana ne veut pas se marier, elle le lui a encore dit récemment. Gaston ne sourit plus et se gare avec un mouvement brusque en se souvenant d'un repas romantique qui avait tourné en déception agacée.

« OK, tu ne veux pas te marier. Mais des enfants ? Tu veux au moins des enfants avec moi ? »

Elle lui avait ri au nez. « J'en ai déjà un, ça suffit. »

Il est encore vexé, même s'il aime les filles compliquées.

Adriana

Ça y est, le vol est réservé. Adriana part chercher le petit lundi et ils retourneront ensemble à Bruxelles deux jours plus tard. Sur son compte ne restent que 136,34 euros et la fin du mois est loin. Il faudra éviter chaque dépense qui n'est pas absolument nécessaire. Le petit mangera des pommes de terre et du chou. Après tout, ce n'est pas elle qui a décidé de le faire venir. Le petit non plus, remarque, il n'a rien demandé, lui non plus, elle ne doit pas lui en vouloir. Adriana soupire et avale son café refroidi. Elle a déjà averti Nina Jung qu'elle ne pourra pas venir travailler pendant quelques jours. Madame n'était pas emballée du tout, son ton était sec, mais quand Adriana a évoqué une « urgence familiale », elle n'a pas osé protester. Sans doute qu'elle ne veut pas froisser l'image qu'elle doit avoir d'elle-même : bonne, généreuse, compréhensive. Madame la psy. Elle ne sait pas encore qu'Adriana compte prendre le petit avec elle quand elle ira s'occuper de Mathilde. Ils pourront jouer ensemble dans le grand jardin des Jung. Ça fera de la compagnie à la grenouille après l'école, Nina Jung n'aura pas à se plaindre. De toute façon, Adriana la mettra devant le fait accompli. Un enfant, ça ne se refuse pas, non ? Il ne va quand même pas rester seul pendant des heures dans son appartement ! Adriana ne pourra pas l'inscrire à l'école non plus, il ne parle ni le français ni le flamand, il ne connaît personne, et en plus, on est en pleine année scolaire. De toute façon, pour un mois, ça ne vaudra pas la peine de l'inscrire quelque part. Oui, un mois, il ne faudra pas plus pour que sa mère se remette debout, Adriana l'espère de toutes ses forces. Un mois, ça ira. Toute autre perspective fait grossir la boule de billard.

Depuis qu'elle a eu son père au téléphone, Adriana sent un poids sur sa poitrine, formée d'angoisse, de nervosité et d'insécurité. Il y a des équations avec trop d'inconnues, un déséquilibre en vue. Il fragilise tout ce qu'elle s'est construit au cours des dernières années et qui lui est devenu si précieux : une petite vie structurée, prévisible, sans surprises, sous contrôle. Ha ! Sous contrôle... Comme si c'était possible. N'importe quoi. On a beau mettre des cadres, des coussins et des ceintures de sécurité, on n'est jamais à l'abri d'un imprévu. Dire qu'elle aimait les surprises, avant, quand elle était jeune, naïve, candide. Une autre Adriana, une fille vaguement apparentée. Parfois, elle la jalouse. Est-ce permis d'être si innocent ?

Ce soir, elle doit dire à Gaston ce qui se passe. Qu'il ne pourra pas dormir chez elle les week-ends prochains, qu'un petit garçon aura besoin de l'autre moitié du lit, que son fils est réel, il n'est pas une photo collée au mur, mais un petit bonhomme plein d'énergie. Heureusement qu'il est toujours accommodant, Gaston. Trop accommodant peut-être, même mou parfois, mais il faut l'avouer : c'est bien pratique. Il ne la contredit presque jamais. Sans être docile, il se soumet à ses lois. Et puisqu'il est gentil et généreux, il ne va pas rejeter le petit, elle en est sûre. Adriana s'attendrit un peu en pensant à Cosmin. Il a grandi si vite ! Elle l'a vu si peu. Sera-t-elle une bonne mère pour lui ici ? C'est quoi, d'abord, une bonne mère ? Une maman à plein temps, susurrant des mots doux, entre la soupe et le linge ? Ouf, que c'est barbant ! S'occuper de gosses est juste nécessaire pour gagner de l'argent, comme c'est le cas avec Mathilde. Ça l'arrange très bien, Adriana, d'être mère seulement deux fois par an, pendant quelques semaines. Dès qu'elle retourne en Belgique, elle se débarrasse de cette appellation, cette fonction, liée à des responsabilités qu'elle n'assume pas, à des obligations transférées de génération en génération. « Maman » – ça sent le tablier taché, le fer à repasser, les bourrelets et le rangé. En plus, quand il y a une maman, le papa n'est pas loin. Normalement. Chez elle, évidemment, rien n'est normal, rien n'est comme il faut.

Quand Adriana revoit Cosmin après une longue absence, elle ne peut pas s'empêcher de scruter avec une tension douloureuse son petit visage. Dépiste-t-elle des traits qui ne viennent pas d'elle ou de sa famille, mais qui viennent… d'eux, de l'un d'eux, et si oui, duquel ? Dès qu'elle y pense, la boule de billard intérieure durcit, grossit, risque de l'étouffer – et d'amoindrir son amour pour lui. Pourtant, elle le sait bien, le petit n'y peut rien, rien du tout. Il est un dommage collatéral devenu un être présent, il s'est forgé un chemin dans son corps meurtri, sous le choc, incapable de reconnaître la nouvelle vie puis de la refuser. De toute façon, c'était déjà trop tard. Il bougeait en elle. Ici un coup de pied, là un coup de main.

Peut-on tuer quelque chose qui bouge en soi ? Qui renforce un corps trahi, le rend plus rond, plus lourd, et par là aussi plus résistant ? Elle ne pouvait pas. Parfois, elle a regretté de l'avoir gardé, surtout quand elle vivait encore chez ses parents. Ce bébé la plombait, la pompait, il avait toujours soif, s'accrochait à elle avec sa bouche, ses yeux, ses bras, ses mains comme s'il allait se noyer sans elle. Adriana avait parfois envie de le rejeter violemment, de s'arracher de son emprise, mais alors elle essayait de le voir en petit animal et elle le supportait mieux. Cela ne l'empêchait pas de lui crier dessus, d'avoir des gestes brusques à son égard. En dépit du regard sévère et des remarques de sa mère, elle lançait parfois à son fils, excédée, fatiguée et dégoûtée : « Fiche-moi la paix ! Tu ne devrais même pas exister ! » Quand elle y repense, Adriana n'est pas fière.

Heureusement que Cosmin a le visage rond de sa grand-mère, les grandes oreilles de son grand-père et des yeux verts comme les siens. Adriana refuse de se souvenir de la couleur des yeux des trois géniteurs potentiels. Rouge sans doute, chez tous les trois. Rouge pourri, rouge sale, rouge sang, à vomir encore et encore.

Et encore. Mais elle est vengée. Ils ont été condamnés et ont dû aller en prison. Elle n'oubliera jamais ce moment réparateur, si, vraiment réparateur, du moins en partie, quand le juge a prononcé son verdict. Elle ne s'y attendait pas, eux non plus. Leur avocat n'avait pas raté l'occasion de présenter Adriana comme une fille aguicheuse, légère, allumeuse, une petite pute qui essayait de se faire passer pour une victime afin de soutirer de l'argent à trois jeunes hommes pris au piège. Face à ce tableau, Adriana avait été incapable de se défendre oralement, de contredire, expliquer, accuser, revendiquer. Mais son corps et son visage avaient pesé lourd. Et son avocate avait réussi à faire témoigner Anca, échappée de justesse grâce à une porte pas encore fermée. Adriana, elle, avait été piégée, une proie en cage, incapable de fuir, martyrisée toute une nuit. Le juge, un homme étonnamment jeune, étonnamment à l'écoute de l'indicible, n'avait pas été tendre avec les violeurs. Prison ferme, pour les trois. Adriana le dit souvent à sa peluche préférée : en prison, en prison, tu vois, parfois la justice fait justice. La boule rétrécit.

Stefan

Nina devient de plus en plus difficile. Normalement elle est de bonne humeur le vendredi, c'est son jour libre, sans boulot. Son jour de bonne femme, de petits soins et de gros shopping. Aujourd'hui, elle rentre même après lui, avec des cheveux plus courts et plus blonds, trois sacs cartonnés à la main droite et une Mathilde fatiguée à la gauche. « Bonsoir, mes belles ! Alors, avez-vous bien dévalisé les magasins ? » Son ton est enjoué, sans sous-entendu. Mais Nina monte directement sur ses grands chevaux. « Ça te dérange ? », sans l'embrasser, sans un sourire. « J'achète autant que je veux. » Stefan a déjà envie de se retirer, de ne plus lui parler, las des phrases bouledogue.

Mais Mathilde le console. Elle se jette dans ses bras. « Papa ! Papa ! » Il a droit à deux bisous humides. Sa fille peut être si mignonne quand elle veut. Sans lui laisser le temps de dire quelque chose, Nina enchaîne, agacée, tout en sautant du coq à l'âne : « Je te rappelle qu'on est invité chez les Gérard ce soir, il faut se dépêcher, on doit partir dans une heure. » Elle déballe ses sacs avec des gestes fébriles et arrache les étiquettes qu'elle laisse tomber par terre.

« Non, je ne veux pas que vous sortiez ! Mathilde commence à couiner. Je ne veux pas rester seule ! » Stefan soupire. Si elle avait un frère ou une sœur, ça se passerait mieux, Stefan en est persuadé. Ils joueraient ensemble, Mathilde ne se prendrait plus pour le centre du monde, elle arrêterait de s'accrocher à ses parents de cette façon exagérée, presque maladive, et de pleurer à la moindre occasion. Un frère ou une sœur la rassurerait. Stefan en veut souvent à Nina d'avoir radicalement refusé un deuxième enfant. Elle sait bien que lui a toujours souffert d'avoir été enfant unique. Il se sentait livré à ses parents, responsable de leur bonheur, obligé de ne jamais les décevoir – bref : d'être un enfant modèle. Quelle solitude éprouvait-il souvent, lors de ces longs dimanches d'hiver entre Maman et Papa, journées structurées par des repas, qui les plombaient devant la télé dans leur appartement surchargé !

« Mais tu ne seras pas seule, ma chérie ! » Stefan prend un ton qu'il juge calme et rassurant, bien que sa fille commence déjà à l'énerver. « Arrête de pleurer. Adriana doit venir d'un moment à l'autre. »

Il caresse les cheveux de sa fille, les sourcils froncés. La perspective d'une soirée chez les Gérard ne l'enchante nullement. Ces soirées mondaines le remplissent d'un profond ennui. Pauline Gérard est encore passablement séduisante, passablement amusante, mais son mari, Tanguy : quel somnifère ! Comment Pauline peut-elle le supporter avec ses discours prétentieux, ses maniérismes, sa niaise fierté d'appartenir à une « vieille famille », ô combien cultivée, fortunée et distinguée ? Qu'est-ce qu'il est lourd quand il exhibe sa grosse chevalière à son doigt potelé ou quand il joue au fin connaisseur de vins, sans même s'apercevoir du goût de bouchon. Lui, Stefan, n'est peut-être pas issu d'une « bonne famille » et il a dû tracer son chemin sans l'aide de ses parents, sans le réseau promouvant d'un milieu étriqué, huppé, exclusif, mais au moins il sait quand un vin est bouchonné. Chez les Gérard, il est souvent bouchonné à force de moisir en cave en septième génération. En plus, Pauline prépare toujours des repas particulièrement gras, et lui, il n'aime pas manger lourd le soir. Pourquoi tout faire frire ? Mettre des grosses sauces, à la crème et au beurre ? Rien qu'à y penser, Stefan a mal à l'estomac. Il repousse Mathilde de ses bras, elle n'arrête pas de s'agiter, de pleurnicher, c'est si lassant.

« Je ne veux pas ! Je veux que vous restiez ! » De manière théâtrale, Mathilde se laisse tomber en longueur sur le canapé et enfouit son visage dans ses mains. Stefan doit mobiliser toute sa patience pour ne pas la secouer et lui crier dessus. Il tourne sa tête vers Nina avec un regard implorant son aide, mais elle l'ignore royalement, occupée à déballer et à admirer ses achats.

« Ça te plaît ? » Nina se tourne vers lui en souriant et lui montre une petite robe rouge flash. Cette capacité de sa femme de zapper d'un sujet à l'autre, d'une humeur à l'autre, l'étonne à chaque fois.

« Ben, euh, c'est très rouge. » Il n'est pas emballé, il préfère les couleurs sobres, des coupes classiques, une élégance simple. Cette robe lui paraît vulgaire.

« Faut la voir sur toi », dit-il d'une voix qui se veut conciliante. Mathilde continue à grincher et Nina est vexée. Le début d'une formidable soirée.

Adriana

Ridicule, la robe rouge. Elle souligne chaque bourrelet et la cellulite au niveau des fesses. Madame n'a plus 20 ans, bon sang ! Elle fait vieille pute avec son rouge à lèvres et ses talons aiguille. Adriana se demande combien Nina Jung a bien pu payer pour se mettre dans cet état-là. Elle ferait mieux de l'augmenter ou du moins de lui accorder un supplément soirée pour supporter une Mathilde en colère, pas prête à aller se coucher. Quand Adriana pense à son porte-monnaie vide, elle a des crampes. Oui, quelques euros de plus seraient vraiment les bienvenus, pour des « raisons familiales », bien entendu. Nina Jung sait qu'elle doit partir en Roumanie lundi, que le voyage n'est pas gratuit. Mais cette conne égocentrique n'y pense même pas. Elle est trop occupée à décoller Mathilde de ses jambes avec des gestes saccadés comme si sa fille était un petit chien chiant.

« Arrête, chérie, tu vas déchirer mes bas si ça continue ! Ouste ! Si tu es sage, tu auras une surprise demain. »

Mathilde se calme un peu, lâche son emprise, recule d'un pas, scrute le visage de sa mère et demande avec avidité : « Quoi comme surprise ? »

« Tu verras. » Nina sourit artificiellement et se poudre le nez.

Adriana parie qu'elle n'a pas la moindre idée de ce qui ferait plaisir à sa fille. C'est du propre, de bâillonner un enfant avec des promesses de vent, en plus, ça lui coûtera un pont. Il suffit de voir les jouets emmagasinés dans la chambre de Mathilde : rien en plastique friable, rien *made in China*. Que des poupées et peluches haut de gamme, une petite cuisinière à l'image de la grande, des beaux livres, des jeux de société, des bijoux fantaisie dans des coffrets ornés de fleurs et de paillettes, un coin peinture avec deux chevalets, un espace musique avec un piano pour enfant (oui, ça existe), en bois rose (oui, ça existe aussi), une armoire remplie d'habits de marque, dans toutes les variations de pastel et surtout de rose. C'est la domination, même carrément la dictature du rose. Adriana déteste le rose, couleur naïve et diluée, elle aime seulement le rose-gris des cochons, une couleur naturelle. La chambre de Mathilde est comme un feu d'artifice, de l'argent foutu en l'air pour des futilités. Adriana doit penser à son fils, à sa petite mansarde modeste, utilitaire. Quelle sera la réaction de Cosmin quand il viendra pour la première fois avec elle chez les Jung, quand il verra le magasin à jouets de Mathilde ? Remarque, il n'y a que des jouets pour fifille. Pas sûr qu'ils vont passionner Cosmin. Et cette fille difficile non plus. Lui, il n'a peut-être pas beaucoup de jouets, mais il ne fait jamais de manières, jamais de caprices. Il a eu une bonne éducation, lui. Faut pas de l'argent pour ça.

Adriana pince les lèvres et se tourne vers Mathilde : « Allez ! Sois une gentille fille, arrête de pleurer et dis au revoir à Maman et Papa ! » Stefan Jung, crispé et coincé comme d'habitude, mais étonnamment efficace, la seconde : « Oui, sois sage, Mathi, donne-moi vite un bisou, on ne rentrera pas tard, promis. »

Sa femme lui jette un regard noir. « Qu'est-ce que t'en sais ? »

Mathilde s'effraye et pleure à nouveau. Franchement ! Quelle psychologue à deux balles, sa mère. Adriana se demande comment ses patients peuvent se fier à elle, lui faire confiance. Son mari lève les yeux au ciel, son ton est froid : « Bon, allez, on y va », sa femme claque la porte en sortant.

Adriana se tourne vers Mathilde qui a les yeux rougis, le nez qui coule, voilà une belle soirée en perspective.

Cosmin

Il est si fier. Il en rajoute. La maison de sa mère ? Un palais ! La Belgique ? Remplie d'ours ! Les heures en avion ? Huit, minimum ! Sandu fait de grands yeux. Ses oreilles sont toutes pointues. Il est même un peu jaloux. Après les explications enthousiastes de Cosmin, il fronce les sourcils, cherche la petite bête. Il tombe sur une grosse.

« Et ton papa sera là aussi, en Belgique ? »

Cette question énerve Cosmin. Est-ce qu'il lui a parlé d'un papa, peut-être ? Non ! Avec quoi il vient alors, lui !

« Tu sais bien que mon papa est mort. »

Il répond à Sandu du tac au tac, presque sans réfléchir. Il ne sait pas vraiment si son père est mort, mais il en est persuadé. Bon, peut-être qu'il n'est pas tout à fait mort, mais en tout cas, il n'existe pas pour lui et il s'en fout. Ce père n'a d'ailleurs jamais manqué à Cosmin. Et à vrai dire – à y penser, il rougit un peu –, sa maman non plus ne lui manque pas. Il a ses grands-parents. Bunică et Bunic, c'est très bien et amplement suffisant. C'est bien mieux que de supporter un soûlard et une mégère, à l'image des parents de Sandu. Soit ils engueulent leurs enfants pour un oui, pour un non, soit ils les punissent pour trois fois rien. Des baffes, des coups, des corvées. Amener des bouteilles, rendre les vidanges, quémander des crédits à la boulangerie, à la boucherie, à l'épicerie. Parfois, ils se battent même. Elle hurle dans les aigus, lui rugit comme un sauvage. Ils sont connus dans tout le village. Pauvre Sandu. « Des barbares », dit Bunică. « Même les Tsiganes se comportent mieux », dit Bunic. De ce genre de parents, on n'a vraiment pas besoin. Mais Cosmin se garde de partager cet avis avec Sandu. Il est son meilleur ami. Il ne faut pas dire des choses trop vraies à ses potes quand ça peut faire mal. Un ton glacial, un regard noir est suffisant pour remettre Sandu à sa place quand il l'énerve.

Sandu n'est pas stupide, il a vite compris qu'il fallait changer de sujet.

« Tu pars quand ? »

« Mercredi prochain. » La voix de Cosmin manque soudain de fermeté.

Ils se regardent quelques secondes, tout à coup inquiets de se quitter. Pour se changer les idées, ils courent piquer des noix dans l'armoire de cuisine de Bunică. Puis, bien qu'il fasse déjà presque noir, ils vont jouer au foot dehors, derrière la maison. Cosmin est Messi, et Sandu Ronaldo. Ils sont les meilleurs footballeurs du village, sans aucun doute. Ils écrasent aussi tous les autres, ceux du village d'à côté, pff, facile. Cosmin court derrière la balle à la vitesse de la lumière, et se demande s'il y aura des footballeurs comme Sandu en Belgique avec lesquels il pourra jouer. Il n'en est pas sûr. Maman ne connaît même pas les Diables rouges. Elle ne parle jamais de foot ni d'autres garçons. Elle ne parle pas beaucoup, de toute façon. En revanche, elle veut toujours que lui raconte quelque chose quand elle l'appelle par téléphone, mais il n'est pas une radio, lui. Parfois, il essaie de trouver des sujets qui pourraient l'intéresser. Le temps de se creuser la tête, elle a déjà terminé la conversation. Alors il partage avec Bunică ce qui lui passe soudainement par l'esprit. Plein de choses. Bunică le débloque. Elle sourit et l'écoute tout en s'affairant à la cuisine. Elle ne perd pas une miette de ce qu'il dit, sa Bunică, même de son résumé du dernier match contre les mauviettes.

Pourtant, elle non plus ne comprend pas grand-chose au foot.

Sandu fait une passe d'enfer. Cosmin ne parvient pas à l'attraper, le ballon roule dans le potager d'à côté. Le vieux Radu gueule, il n'aime pas les ballons dans ses radis. « C'est toi qui dois aller le chercher ! » Sandu râle aussi. Cosmin s'exécute sans contredire, sans protester, sans faire de grimaces à Radu. Il cherche la balle et s'excuse auprès du vieux qui a l'air étonné. Encore trois jours avant de partir. L'estomac de Cosmin est en ouate, ses réactions le sont aussi. Il a une envie impérieuse de se réfugier dans les bras de sa grand-mère, mais il n'est plus un bébé.

Nina

Rien de plus déprimant qu'un dimanche soir, la fin du week-end. Ce n'est pas que Nina trouve les week-ends particulièrement passionnants, bien au contraire, surtout celui-ci l'a ennuyée, agacée. Mais la perspective du lundi, de recommencer ce cycle uniforme de la semaine – petit-déjeuner en hâte, trajet bouchonné, patients barbants, trajet bouchonné, famille fatiguée – la démoralise d'avance. D'un autre côté, le retour au travail l'aidera peut-être à refouler au plus vite cette soirée catastrophique qu'elle a passée chez les Gérard. Elle en a encore la gueule de bois. Trop d'alcool, même pour une entraînée comme elle, suivi de discussions houleuses. Nina fronce les sourcils en se rappelant les sujets fâcheux – la politique migratoire (Tanguy : « Mais ces gens-là ont une tout autre culture que nous, ce n'est pas compatible. Et puis on ne peut pas accueillir toute la misère du monde. » Comme si lui personnellement en accueillait ! Nina aurait pu lui donner des coups de pied pour ses idées d'extrême droite mal cachées sous un vernis de citoyen

« qui se pose des questions »), l'éducation des enfants (Pauline : « Ce n'est pas un cadeau pour Mathilde de ne pas lui faire un petit frère ou une petite sœur » – mais enfin, de quoi je me mêle ? Et on ne peut pas dire que la meute des trois jeunes Gérard paraisse particulièrement épanouie, ça gueule sans cesse malgré la tablette et le smartphone vissés à leurs doigts), les employés de maison (Stefan : « À vrai dire, je ne fais pas trop confiance à Adriana, mais Nina lui donnerait le Bon Dieu sans confession » – qu'il aille chercher lui-même une autre nounou s'il veut ! Monsieur ne se rend pas bien compte que les nounous parlant l'allemand ne courent pas les rues à Bruxelles). Particulièrement désagréable aussi le moment entre femmes à la cuisine, occasion de rêve pour Pauline de s'enquérir avec une fausse compassion : « Ça n'a pas l'air de marcher fort entre Stefan et toi pour le moment. Dis-moi si je peux faire quelque chose pour vous. » Son ton était mielleux, ses yeux brillaient, Nina aurait pu la griffer. Elle sait bien que Pauline tourne autour de Stefan, elle lui fait des yeux de biche et des moues à la Bardot, bombe ses nichons refaits, lui touche le bras autant qu'elle peut et rit de ses réflexions même si elles ne sont pas drôles. Qu'elle soit frustrée avec son péteux de Tanguy qui n'est pas attirant pour un sou, d'accord. Mais on ne s'attaque pas aux hommes des autres ! Après tout, Stefan est toujours encore son mari à elle, même s'il ne fait plus aucun effort pour la séduire, même s'il ne l'attire plus vraiment.

Tiens, le voilà d'ailleurs. Il descend l'escalier, son visage est fatigué, son pas traîne.

« Bien couché Mathilde ? » Nina s'efforce de prendre un ton gentil, ce n'est pas évident. Elle se rend compte que depuis un bon bout de temps, elle s'est habituée à s'adresser à lui avec impatience et rudesse.

« Oui, plus ou moins. » Il soupire, s'assied dans le fauteuil et change le programme télé sans lui demander si elle est d'accord. « Elle veut toujours encore une histoire et puis encore une et encore une. Jamais satisfaite. » Il soupire à nouveau.

« Rien de neuf pour moi. » Nina ne peut pas s'empêcher de répliquer sèchement avant de l'avertir, cette fois-ci avec son ton chantant qui annonce rarement du positif : « Et cette semaine ça va être pire.

Adriana n'est pas là. Faudra rentrer plus tôt, chercher la petite à la garderie avant cinq heures et demie. Adriana ne revient que jeudi. »

« Pourquoi ? Elle est malade ? » Stefan est suspicieux, bien entendu. Qu'est-ce que cela peut agacer Nina !

« Non non, elle n'est jamais malade ! Nina lui jette un regard désapprobateur. Mais elle a un problème familial et doit retourner en Roumanie. Je crois que sa mère s'est cassé quelque chose. »

« Et ta mère ne peut pas venir ? »

« Ma mère ? Tu rigoles ? Je dois la prévenir des semaines à l'avance si je veux compter sur son aide. Madame est fort occupée. » Nina a un ton amer qui ressemble dangereusement à celui de sa génitrice quand elle n'est pas contente. Nina s'en rend compte, ce qui ne fait qu'augmenter son agacement. Mais c'est vrai, quoi ! Pas moyen d'improviser, avec sa mère. Elle se crée des obligations sociales, nées d'un bénévolat ostentatoire et sans concession qui couvre tous les miséreux de la ville.

« Ce mois-ci, elle a son grand dîner de gala au profit des sans-abri, et tu sais bien : il faut organiser les huîtres et le champagne. » Nina déteste sa propre voix, mais elle n'arrive pas à contenir ses aigreurs, mêlées d'une jalousie diffuse. Au moins, sa mère se passionne pour quelque chose, s'investit à fond, s'échauffe, surchauffe, tout en gardant la tête bien froide pour une organisation sans failles. Nina reste tiède, en permanence.

« Mhm », Stefan émet un son censé transmettre autant sa compréhension que son désir de clore ce sujet et se tourne vers la télévision. Nina sait qu'il s'entend assez bien avec sa belle-mère. Avec lui, il n'y a pas moyen de casser du sucre sur le dos de *Frau Mama*. Les deux apprécient tellement l'ordre, la propreté, les structures familiales bétonnées et les repas écrémés. Quelle ironie du sort : pendant toute son enfance, adolescence, jeunesse, Nina s'est révoltée contre les rigidités maternelles, mais dès qu'elle a été enfin libre de choisir son mode de vie à elle, elle a épousé un homme avec les mêmes défauts que sa mère.

« Non, oublie ma mère. Je m'arrangerai pour chercher Mathilde à l'école, mais je compte sur toi pour prendre la relève rapidement. J'en ai marre que ce soit presque toujours moi qui doive assurer l'animation du soir. »

Stefan hoche la tête mais n'écoute déjà plus, absorbé par le débat télévisé. Nina attrape son smartphone d'une main, de l'autre son verre de vin, et se divertit comme elle peut.

Mathilde

Elle n'a pas envie de dormir. Mimi non plus. Mais elle, elle est obligée. Mathilde lui met son pyjama et lui dit d'un ton ferme : « Faut dormir maintenant, sinon Maman va être très très fâchée. » Mathilde emprisonne Mimi sous sa couverture. « Tu dors ! » Mimi ne bouge plus. C'est une poupée sage. Elle ne contredit pas, elle ne fait pas de bêtises. Sauf quand elle a absolument voulu un jour que Mathilde lui coupe les cheveux. Mathilde a cédé, mais ça lui a valu des ennuis. « Tu sais combien j'ai payé cette poupée ? » Sa mère était enragée. Non, Mathilde ne savait pas. Et quand bien même. Elle aime les cheveux courts de Mimi. Mais elle n'aime pas que Maman la gronde. Papa est plus gentil en général, mais il n'est pas souvent là. Et aujourd'hui, il n'a voulu lui lire que deux histoires, ce n'est pas très gentil non plus. Mathilde boude. Elle n'est pas contente avec ses parents. En plus, Maman a oublié sa surprise, celle qu'elle lui a promise quand ils sont sortis hier soir.

Maman oublie souvent ses promesses. Mathilde fait alors en sorte que justice soit faite. Quand Maman n'est pas encore là et Adriana occupée à la cuisine, elle chipote en secret sur la tablette de sa mère et joue par exemple à Smarty Bubble. Ou, juste avant le dîner, elle mange les bonbons et chocolats qu'elle a reçus aux anniversaires de ses copines et qu'elle a réussi à cacher dans sa chambre avant que les parents les confisquent. Ou elle s'enferme à la salle de bain, pioche dans les cosmétiques de sa mère et se vernit les ongles de pieds. De toute façon, Maman ne regarde jamais ses pieds. Même les bobos, elle ne les remarque pas. À chaque fois, c'est Mathilde qui doit lui montrer ses bleus, ses égratignures. À chaque fois, Maman dit : « Pas grave ! Tu es grande et forte ma chérie, ça partira vite. » Mais c'est surtout Maman qui part vite, et après, elle oublie ses promesses.

Demain, il faudra qu'elle trouve un nouveau moyen pour réajuster les choses, pour obtenir la part qui lui est due, que l'on ne lui a pas rendue. Peut-être qu'elle ira faire un tour dans le bureau de sa maman. L'accès lui en est interdit, normalement. Mais Mathilde a envie depuis longtemps d'explorer cette pièce, et surtout d'ouvrir les tiroirs du secrétaire. Il doit contenir de beaux secrets. Peut-être des bijoux ? Des chocolats ? Mathilde sait que Maman en mange en secret, derrière le dos de Papa. Demain elle verra, elle trouvera ! Satisfaite de ce plan, elle s'endort rapidement.

Dorina

Adriana est déjà arrivée, elle a l'air tendue. Bon, sa fille a toujours l'air tendue, depuis des années déjà. Mais cette fois-ci, la tension est particulièrement palpable. Adriana se tient très droite, ses traits sont tirés, ses yeux orageux, sa voix est agacée. « Ça va, Maman ? » Dorina fait oui de la tête, mais elle a du mal à respirer. Le parfum de sa fille envahit toute la pièce. Dorina a l'impression de nager dans de l'eau sucrée. Sauf qu'elle ne peut pas bouger, le lit est sa cage, son pied en plomb. Adriana l'encourage à manger, à goûter les chocolats qu'elle a amenés de Belgique. « Des pralines, Maman, des vraies ! » Dorina n'ose pas lui avouer qu'elle n'aime pas les pralines, qu'elle ne les a jamais aimées. On ne sait pas ce qui se trouve dedans. Il y a de mauvaises surprises. Des sirops à la fraise ou à l'orange, des bouts de croquant qui font mal aux dents. Mais pour faire plaisir à sa fille, elle en prend une quand même. Ça y est, ça craque entre les dents et le caramel provoque une petite douleur de gencive côté gauche. Pas grave. De toute façon, Dorina n'a qu'une vraie source de douleur pour le moment : la séparation imminente avec son petit. Hier, elle lui a tricoté une écharpe, en vraie laine, salée par quelques larmes. « Espèce de crocodile, va », se dit-elle en se grondant intérieurement. Mais ça coule parfois sans qu'elle arrive à se dominer. Quelle plaie, son corps, quel appareil défaillant ! C'est seulement quand il ne fonctionne plus comme il faut qu'on réalise son pouvoir sur l'esprit, son emprise sur les états d'âme.

Adriana a remballé ses pralines et quitté la chambre. Elle veut faire la valise de Cosmin. Dorina se demande si sa fille trouvera les vêtements dans la commode, si elle sait quoi prendre et si elle s'occupera bien de lui, de son petit, là-bas, loin de sa grand-mère. Mihai ne comprend pas ses angoisses. « Ne t'inquiète pas ! Une mère sait dont son enfant a besoin, c'est naturel. » Parfois, il ne comprend vraiment rien de rien et ne pense pas plus loin que son champ de choux. Adriana n'est pas une mère comme les autres. Si Adriana avait su ce dont son enfant avait besoin, elle ne serait jamais partie, laissant le petit ici. Il n'avait que 4 ans. Il ne comprenait pas et posait pendant quelques semaines toujours les mêmes questions. « Pourquoi

Maman est partie ? Elle est fâchée avec moi ? Elle reviendra quand ? » Il se réfugiait dans ses bras pour cacher son chagrin. Dorina soupire. C'est triste à dire, c'est dur, mais il ne faut pas se voiler la face : sa propre fille n'est pas une bonne mère. Mademoiselle a préféré croire aux promesses d'une sorcière, aux mirages d'un avenir prometteur « en Europe ».

Dorina n'a jamais cru aux explications enthousiastes de sa fille avant qu'elle parte. Mihai et elle ont essayé de la raisonner, de l'empêcher. Mais il n'y avait rien à faire. Adriana voulait absolument partir. D'ailleurs, elle s'est bien fait avoir. Malgré ses notes excellentes en français et en allemand (qui gonflaient son père de fierté), Adriana n'a ni fait d'études ni trouvé un job en or en Europe. Et Dorina est sûre que sa fille ne lui a pas tout raconté. Qu'est-ce qu'il s'est passé, les premiers six mois en Belgique, quand Adriana n'appelait plus ? Ils étaient hors d'eux de soucis, même s'ils n'ont rien montré au petit. Et quel choc en la revoyant enfin, lors des vacances de Noël. Leur fille avait terriblement maigri, sa peau était rugueuse, son visage chiffonné, son regard nerveux. Chaque fois qu'une porte ou une fenêtre claquait, elle tressaillait. On aurait dit une bête traquée. Le cœur de Dorina se tord à nouveau. Compassion, colère, angoisses. Pourquoi sa fille attire-t-elle tant la poisse ? Il ne faut pas qu'elle soit contagieuse, qu'elle touche aussi le petit, le noircisse. Il est si lumineux.

Après des années, Dorina a enfin arrêté de se torturer trop longuement avec la question de savoir si Mihai et elle avaient su correctement éduquer et protéger leur fille. La faute n'est pas toujours en abonnement chez les parents. Mais elle se trouve où, alors ? Non, Dorina se rappelle chaque fois à l'ordre : Adriana n'est pas vraiment fautive non plus. D'accord, elle n'aurait pas dû n'en faire qu'à sa tête, sortir trop jeune, trop tard, avec une robe trop courte, un rouge à lèvres couleur pompier. Elle n'aurait jamais dû aller en voiture avec ces ordures, ces diables. Combien de fois Dorina avait-elle dit à sa fille de ne pas rentrer avec n'importe qui, de ne pas rater le dernier bus, de ne pas boire de l'alcool ? Mais non, Adriana n'en faisait qu'à sa tête. Elle a payé cher, trop cher. Ils ont tous payé cher, toute la famille. Mihai ne dormait plus, il était fou de rage et de soif de vengeance. Dorina a dû lui verser des calmants dans son verre, à toute vitesse pour qu'il ne le voie pas. Les voisins chuchotaient, le village médisait, derrière leur dos évidemment, et à travers leurs ragots leur fille se transformait en une allumeuse. Son enfant, sa petite chérie, une allumeuse ? N'importe quoi. Et même : personne n'a le droit de faire ce qu'ils ont fait avec elle, peu importe la longueur de la jupe ou la profondeur du décolleté.

À l'époque, Dorina haïssait tout le village, à trois exceptions près : la boulangère, fidèle, silencieuse et généreuse – en signe de solidarité, elle leur offrait presque chaque jour des pâtisseries ; le vieux Radu, voisin ronchonnant mais bouclier : il chassait les curieux et les journaleux avec des seaux de purin, une méthode efficace ; et Agneta, maîtresse sévère, célibataire et… comment elle se nommait déjà, avec fierté dans la voix ?… Ah oui : fé-mi-niste (c'est d'ailleurs grâce à elle que Dorina a appris ce joli mot). Elle rendait chaque jour visite à Adriana. Dorina aurait bien voulu savoir de quoi elles parlaient pendant leurs tête-à-tête. En tout cas, les seaux de Radu, les pâtisseries de la boulangère et les séances avec Agneta faisaient du bien à Adriana, donc aussi à Mihai et à elle. Et les autres du village, ces familles qu'ils connaissaient depuis des années, qu'ils avaient aidées dans les moments difficiles, qu'ils avaient félicitées dans les moments heureux ? Désillusion complète : ces gens d'apparence innocente montraient leur vraie face – soit calomnieuse et hideuse, soit lâche et bête. S'ils n'avaient pas eu leur fermette, leur bout de terre et leurs animaux, Dorina aurait essayé de convaincre Mihai de partir. N'importe où, et surtout loin de tout.

Aujourd'hui, Dorina ne hait plus, elle n'a plus la force. Mais depuis ce temps-là, depuis l'année noire, elle ne parle plus à grand-monde. Remarque, elle n'a pas eu trop le temps de bavarder avec les autres. Il fallait soigner Adriana, la remettre sur pieds, la faire manger, respirer, revivre, renaître, aider à faire naître, puis il y a eu le petit, il fallait s'en occuper. Ça, oh, ça a été un plaisir, le plus pur qu'elle ait jamais éprouvé. D'ailleurs c'est Cosmin, son bouton d'or, son soleil, sa brise d'été qui l'a guérie. Il a effacé son amertume et sa rancune, il l'a même rapprochée à nouveau des autres au village. C'est un enfant spécial. Beau, intelligent, sensible. Rigolo, joyeux, inventif. Non, non ! Elle n'est pas une grand-mère gâteuse ! Il est vraiment béni, le petit. Un être hors commun. Mais son porte-bonheur va partir. Comment se remettre sur pieds dans ces conditions moroses ?

Gaston

Il est distrait. Il a du mal à se concentrer sur ses dossiers, à réagir de manière adéquate aux demandes des partenaires des projets, à rester attentionné avec les collègues. Pourtant, il aime bien son boulot. Il s'identifie aux buts et projets de son ONG, même si son patron l'agace. Gaston est sûr qu'il l'a engagé seulement à cause de sa couleur de peau. Florent trouvait ça chic d'engager un métis. Chic, multiculturel et politiquement correct. Il adore s'afficher avec lui et avec Brenda, jeune collègue du Brésil, métissée elle aussi, quand il y a des visiteurs. Regardez, nous n'avons pas de préjugés, voici les United Colors of l'ONG. Mais après, jouer au super chef, avec des super pouvoirs et un soi-disant super savoir, il n'a pas du mal, Florent. Quel gauchisant de pacotille ! Intéressant d'ailleurs qu'il ne lui ait pas donné la gestion de projets en Afrique. Avec ses préjugés bien soignés, Florent a certainement pensé que cela pourrait favoriser corruption et népotisme. S'il savait que Gaston ne connaît quasiment personne à part son père « en Afrique », qu'il ne connaît pas « l'Afrique » tout court… Mais bon, les projets en Asie sont intéressants aussi, et un CDI dans une ONG ne se refuse pas, même si le salaire est bas. Sa mère aurait été fière de lui, et soulagée : elle craignait tellement que les études de sociologie de son fils le mènent droit au chômage ! Elle s'est inquiétée pour rien. Gaston était déterminé à ne pas échouer sur le plan professionnel. Il aurait d'ailleurs préféré bosser dans un bar ou à la caisse d'un supermarché que de devoir pointer. Ne rien faire le rend malade. Une journée sans structure le crispe. D'accord, il aime bien se reposer, prendre des vacances, faire la grasse matinée le week-end, mais la paresse ne vaut pas la satisfaction de rejoindre ponctuellement son bureau, d'accomplir ses tâches avec sérieux, d'avancer dans les dossiers, de ne rien laisser traîner. Sans fausse modestie : il est un type méticuleux et fiable. Cela fait trois ans maintenant qu'il travaille pour cette ONG et personne ne s'est jamais plaint de lui, du moins pas ouvertement. Et en général, il parvient très bien à séparer sa vie privée et son boulot. Mais aujourd'hui, il a du mal. Adriana prend trop de place.

Gaston se cherche une deuxième tasse de café, ajoute deux sucres et retourne à son bureau. « Allez, Gaston, se dit-il à mi-voix, au boulot. » Il ouvre un nouveau fichier et essaie de rédiger un avis favorable pour le soutien d'un projet au Bangladesh. Bien que cette initiative, destinée à l'éducation de filles-mères rejetées par leurs familles, lui tienne à cœur, les pensées divaguent à nouveau, l'image d'Adriana s'interpose sans cesse. Gaston se rappelle la conversation qu'ils ont eue le week-end dernier sur l'arrivée de son fils. Remarque, « conversation » est un grand mot. Adriana a dit quatre, cinq phrases et lui une demi-tonne, comme s'il pouvait la lier à lui avec des paroles. Son absence lui pèse. Il a l'impression qu'elle lui échappe une fois de plus. Pourtant, elle ne restera même pas une semaine en Roumanie. Il a du mal à imaginer ce pays, il n'évoque pas grand-chose pour lui, juste quelques maigres associations, nourries de clichés : pauvreté, enfants des rues et grisaille post-socialiste. Ceaușescu, Dracula, Carpates et corruption. Gaston s'abstient de partager ces images sombres avec Adriana. Même si elle ne veut plus vivre dans sa patrie, elle est assez nationaliste. Quand elle parle de « sa » Roumanie, son regard se voile, la nostalgie fleurit, on dirait qu'elle a quitté le paradis. Pourtant, ce paradis ne la retient pas. Adriana revient déjà mercredi, heureusement. Mais elle ne revient pas seule. Elle ramène son fils. Il existe donc vraiment, en chair et en sang. Gaston aime les enfants, en général, mais il n'est pas emballé par l'arrivée du garçon. Le petit morveux va lui piquer sa place à côté d'Adriana et réduire davantage le temps qu'ils passent ensemble. Elle a refusé qu'il aille les chercher à l'aéroport. Gaston ne veut même pas tenter de comprendre pourquoi. Mais c'est une vexation de plus. Et puis c'est qui, d'abord, le père de ce gamin ? Quel rôle a-t-il joué dans le passé d'Adriana ? Quel rôle joue-t-il encore ? Adriana ne répond pas à ces questions-là. Il ne les lui pose plus, de toute façon. Elle lui a fait comprendre que fouiller dans son passé était le meilleur moyen de mettre un terme à leur relation. En tout cas, le père de son enfant, ce sale mec, a dû la maltraiter, ça lui paraît évident.

Gaston se rappelle encore très bien comment il était difficile les premiers temps de toucher Adriana. On aurait dit une vierge. Chaque avance une offense, chaque caresse interrompue. Heureusement qu'il s'est pris au jeu, que ça l'excitait de gagner millimètre par millimètre. Avancer, reculer, avancer, le moindre attouchement une victoire, la moindre progression source de bonheur et d'espoir. Jamais il n'oubliera la première fois qu'il l'a fait jouir. Elle aussi était émerveillée, sa bouche, ses caresses, la couleur de ses yeux et son odeur en témoignaient, même si elle s'était vite refermée. C'est ce jour-là qu'il est devenu homme à part entière, bien que lui n'avait pas joui, chose rare. Il était trop occupé par elle et son désir, trop soucieux de lui procurer du plaisir. Elle, sa Venus mystérieuse et blessée. Les femmes avant Adriana ne comptaient plus, devenaient pâles, insignifiantes, s'effaçaient. Pourtant, Gaston avait eu avant Adriana des copines plus belles, plus amoureuses, avec des corps plus réactifs, plus réceptifs. Marie-Ange, la dernière, était peut-être hystérique, mais une fusée au lit. Toujours prête à des expériences, de nouvelles positions, à la recherche de plaisirs inédits. Adriana est une nonne à côté d'elle. Sévère, conservatrice, limite raide, elle n'accepte que la position du missionnaire. Jamais elle ne ferme les yeux. Toujours silencieuse, même dans les sommets. Et pourtant : pour Gaston, il n'y a plus qu'elle, il se languit de sa peau de lait, si transparente que le bleu des veines s'y dessine, et si douce que la brute qui l'a touchée avant lui a pu y imprégner des traces. Des taches brunes, rougeâtres, sombres sur ses cuisses, son ventre, ses fesses et même sur ses seins, quel sacrilège ! Mais rien ne peut amoindrir leur beauté, leur fierté. Oui, même des nichons peuvent être fiers. Fiers, mais à protéger quand même. Gaston veut les chérir et les mettre à l'abri pour le reste de leur vie. Mais Adriana ne veut pas de ses prestations. C'est exaspérant.

Adriana

Le lit grince et craque à chaque mouvement. Adriana se tourne et se retourne, elle compose toute une symphonie de bruits dissonants. Heureusement que son père devient sourd et que sa mère dort déjà. Adriana n'a pas sommeil. Il n'est même pas dix heures, et en plus elle a froid, ses pieds sont glacés. Elle n'est plus habituée à l'air de la campagne, à l'humidité dans les draps. La boule en elle la glace davantage, la rend si nerveuse qu'elle recommence à se ronger les ongles. Ses beaux ongles manucurés, bleu foncé avec des petits cristaux, faux mais brillants. Elle les a vernis juste avant de prendre l'avion. Ils sont bien plus jolis que ceux de la sorcière qui était pourtant toujours si fière de ses ongles. « Tu vois, Adriana, ce sont les ongles qui distinguent les femmes. Ils les rangent en deux catégories : ceux qui ont de la classe, qui gagnent leur vie avec leur cerveau et leur ruse, et les pauvres connes qui doivent s'abîmer les mains dans des eaux puantes. » Les ongles de la sorcière étaient peut-être impeccables, mais son rire était si sale que le vernis ne brillait plus. Adriana s'en veut amèrement d'avoir pris trop de temps pour se rendre compte que l'image trompait. La sorcière l'avait déjà embobinée, attachée, exportée et mise en cage. Il fallait devenir lionne pour s'en sortir.

Adriana se retourne furieusement et enfonce sa tête dans l'oreiller. Elle ne veut plus penser à la sorcière. Mais ici, dans ce lit qui n'a pas su la protéger ni la retenir, les griffes de la sorcière ressortent et l'attirent vers des gouffres, des puits d'amertume et de haine. Oui, sa haine est intacte, Adriana la soigne. Il faut qu'elle la soigne sinon son esprit faiblit, s'accroupit, se résigne. La haine est un moteur puissant. On la sous-estime, pourtant elle a ses qualités. Une bonne haine ciblée tient éveillé et alerte, elle aiguise les sens, protège, avertit, vivifie. Pour nourrir cette haine, Adriana s'imagine de temps en temps ce qu'elle fera avec la sorcière le jour où elle la recroisera par hasard – à Bruxelles, à Bucarest, à Berlin, autre part, peu importe, mais une chose est sûre : elle se vengera. Elle lui arrachera les ongles un par un, elle les lui fera bouffer, et puis elle lui frappera le visage, le cou, les seins, les reins, là où ça fait mal, là où ça laisse des traces indélébiles. Qu'elle souffre, qu'elle pleure, qu'elle crie, qu'elle perde toute sa belle assurance, sa sale arrogance, son air d'innocence, du genre fais-moi confiance.

Adriana hait la sorcière plus que tout – plus que les trois violeurs du village d'à côté, plus que les hommes qui l'ont salie encore et encore, les gros, les petits, les moches, les moins moches, peu importe, ils étaient tous puants : leur sexe, leurs aisselles, leur bec, leurs pieds – c'est inimaginable ce que ça peut puer, ces hommes qui payent, même ceux qui s'aspergent d'eau de toilette, qui viennent de se laver, qui ont une peau de bébé. Est-ce l'argent qui les infecte ? Mais malgré leur puanteur, leurs bruits, leur brutalité parfois, Adriana les hait moins que la sorcière, elle les méprise seulement. Les corps de ces hommes, leurs visages ne forment plus qu'un, une masse floue, une vague sombre qui a déferlé, qui s'est retirée, qu'elle ne craint plus. En revanche, la sorcière reste dans sa mémoire avec un visage bien précis, avec des ongles reconnaissables et une voix qui la hante : douce, fausse, lisse, glissante. Elle a un nom, un prénom qu'Adriana ne prononcera plus jamais, non, la sorcière n'a plus droit d'être nommée. Adriana le lui refuse, elle restera la sorcière sans nom, il faut juste qu'Adriana parvienne un jour aussi à la défigurer physiquement, à la déchiqueter pour qu'il ne reste plus rien, pour qu'Adriana vainque, enfin.

Ça y est, maintenant elle est définitivement réveillée. Son cœur cogne, ses mains s'agitent, il n'y a plus moyen de s'endormir. Adriana se lève, met sa vieille veste en laine et descend sur la pointe des pieds à la cuisine pour rejoindre la chambre froide. Elle sait où son père cache la bouteille de *Țuică* : derrière les sacs de patates et d'oignons. C'est une cachette connue par toute la famille, mais chacun a le tact de faire semblant de ne pas le savoir. Le tact permet aux adultes de se servir impunément un verre quand il y a une urgence, un bobo, une contrariété ou un vague à l'âme. La bouteille se vide lentement, se remplit secrètement, dans un mouvement fiable de marée haute, de marée basse. Le goût satiné de la prune flatte le palais, l'alcool anesthésie les douleurs, désamorce les colères, endort les peurs. Adriana se sert un verre généreux. Il l'aidera à s'endormir, à chasser la sorcière. Généralement, elle ne boit que rarement de l'alcool, elle s'en méfie, craint l'ivresse et la perte de contrôle, mais pour ce breuvage fait maison, elle fait des exceptions. C'est sa médecine à elle, qui a prouvé son efficacité dans les pires moments de sa vie. Non, elle n'a pas besoin de psychologue à la mords-moi le nœud. Juste un verre de *Țuică*, un peu de self-control et ça va, ça ira.

Sa tête tourne quand elle se recouche, elle presse un nounours contre son nez, le petit brun qu'elle emporte toujours dans son sac à main. Il sent l'eau de Cologne de Gaston. L'odcur apaise, console et rassure Adriana. Gaston l'a séduite parce qu'il sent bon. Toujours et de partout. Même l'odeur de sa transpiration ne la dérange pas, ni son haleine au petit matin.

Adriana se souvient bien de la première fois qu'elle l'avait vu. C'était à la station de métro Simonis. Non, elle se corrige en pensée, ce n'est pas elle qui l'avait vu, c'est lui qui s'était imposé dans son champ de vision.

« Pardon, Mademoiselle, il va à la gare du Nord, le prochain métro ? »

Adriana l'avait toisé avec méfiance. Qu'est-ce que ce mec avait à l'aborder ? En plus, il était noir. D'accord, à part ça, il était aussi grand, musclé, souriant, plutôt beau gosse, mais il était avant tout… noir. Noir clair, mais noir quand même. Un nègre, quoi. Un type de je-ne-sais-où, d'Afrique ou d'une île caraïbe quelconque. Elle se méfiait de ces gens-là. On ne savait jamais quelle maladie ils ramenaient de chez eux, quels vaudous opaques, néfastes. Sur ce point, elle s'était d'ailleurs imposée auprès de la sorcière : pas d'hommes noirs. L'unique limite qui avait été acceptée. Mais cet homme devant elle avait un regard si inoffensif qu'Adriana n'éprouvait pas le besoin d'un fil barbelé. Toutefois, son ton avait été sec. « Oui, il va à la gare du Nord. » Adriana avait pris son air hautain, verrouillé, pour bien lui faire comprendre qu'elle n'allait pas lui faire des mamours même si elle était assez polie pour lui répondre correctement. Son attitude n'avait ni impressionné ni repoussé Gaston. Il s'était installé à côté d'elle dans le métro comme s'ils se connaissaient de longue date. Il lui avait parlé de la pluie et du beau temps avec sa voix sans offense, avec son sourire désarmant. Mais ce qui avait surtout ôté la suspicion d'Adriana à l'égard de Gaston était son odeur. Un homme qui sentait comme lui ne pouvait pas être vraiment désagréable ou dangereux. Elle respirait son odeur – un mélange de frais et de bois avec des notes de caramel – et n'avait pas pu s'empêcher de réagir, de répondre sans agressivité, de lui faire la conversation avec une certaine amabilité. C'est dire.

Adriana presse sa peluche contre sa joue et ferme les yeux. Elle pense qu'à part son odeur et sa gentillesse, Gaston a un autre atout de taille. Il lui a fait connaître une nouvelle, une autre facette du sexe. Rien à voir avec ce qu'elle avait pu, ce qu'elle avait dû y associer avant. Déjà uniquement pour ça, elle lui sera reconnaissante à jamais. D'accord, il joue trop à son super protecteur, son superman, son super dévoué, il est trop amoureux et trop bisounours. Mais ce n'est pas pour rien qu'elle aime les ours, même les bisounours. Gaston est doux et tendre. Il aide les pauvres, il veut sauver le monde, même elle, cause perdue. Mais prétendre qu'il ne lui fait pas du bien serait mentir. Adriana ne veut pas se mentir. Plus jamais. Se mentir fait les plus grands dégâts. Elle en sait quelque chose. Non, elle ne se mentira plus. Elle renifle sa peluche et ferme les yeux. Le lendemain lui fait peur, la boule cogne.

Cosmin

Il a froid, de la tête jusqu'au pied. Il n'enlève pas l'écharpe que sa grand-maman lui a tricotée. Il l'enroule autour de son cou, et la tire au-dessus de ses épaules, comme Bunică le fait souvent. Heureusement que Sandu ne le voit pas, il se moquerait de lui, l'appellerait « fifille » ou « mémé ». Cosmin doit sourire malgré lui. « Fifille toi-même ! » pense-t-il et il caresse le tricot. Les couleurs de l'écharpe le rassurent, la laine le réchauffe. Cosmin se tient droit sur sa chaise et essaie de dessiner quelque chose. Un ballon. Un footballeur. Sandu. Micu. Ses doigts sont raides et maladroits. Il dessine comme un pied. Au lieu d'avoir une fière allure de chien, Micu a l'air d'être une souris grassouillette et peureuse. Cosmin a envie de déchirer le papier, mais il craint la réaction de sa mère. Des larmes se frayent un chemin en direction des yeux, Cosmin les chasse avec quelques battements de cils. Allez-vous-en ! Bunic lui a toujours dit que ça ne servait strictement à rien de pleurnicher et de se plaindre. Qu'en gémissant, on perdait juste son temps, et que le temps était précieux. Bunic ne perd jamais son temps. Il travaille, il mange, il boit, il dort. Parfois il regarde le foot, chose précieuse aussi. D'ailleurs, c'est avec tout son corps, toute son attention qu'il suit les matchs. Bunic fixe l'écran, fait des commentaires, jure, rit, agite son torse, ses pieds, ses mains. Des mains grandes, fortes, ridées, tachées. De bonnes mains. Cosmin a envie de les sentir sur sa tête, sur son épaule. Mais elles sont loin.

Cosmin commence un nouveau dessin (un avion, des oiseaux) et se demande pourquoi il doit penser tout le temps à ses grands-parents. Quand il était au village, il n'y pensait pas beaucoup. Bunică et Bunic étaient là, fiables, inébranlables, à portée de main. Cosmin réprime un soupir et observe les mains de sa mère. Ses doigts sont longs et fins, ses ongles bleus et brillants. À la main gauche, elle porte une bague que Cosmin n'a jamais vue auparavant. Une bague dorée avec une petite pierre mauve. C'est Bunică qui la lui a offerte ? Pour son anniversaire, peut-être ? Quel âge a-t-elle, d'ailleurs, Maman ? Cosmin n'ose pas le lui demander. Elle a l'air nerveuse, depuis qu'ils sont là. Occupée par sa tâche, elle ne le regarde pas. Elle épluche des pommes de terre et un oignon, les coupe avec de petits mouvements saccadés et les jette dans la poêle. Une odeur de friture se répand dans la cuisine. Ce fumet est familier et console un peu Cosmin. Mais à choisir, il préférerait nettement être dans la cuisine de ses grands-parents. L'appartement de sa mère ne lui plaît pas trop. Il est tout petit et sombre, en haut d'un immeuble vieux et gris. La fenêtre du séjour donne sur une grande avenue à quatre bandes. La télé couvre les bruits des voitures, mais il ne comprend pas grand-chose de ce qu'elle raconte. Les leçons d'Agneta n'ont pas suffi pour suivre ce film où une femme trop maquillée pleure en face d'un homme mal rasé. De toute façon, il a l'air complètement nul, ce film. Pas d'animaux, pas d'action, pas de ballons, pas de bateaux. Même Maman ne regarde pas ce qui se passe sur l'écran. Elle fixe sa poêle en tournant les pommes de terre, mais Cosmin est sûr qu'elle ne voit rien tant elle semble être ailleurs.

Il soupire. Non, il ne va pas se plaindre ou pleurer, mais il doit avouer qu'il a le cœur lourd et la poitrine oppressée. Il a du mal à respirer. Même l'avion n'a pas été aussi génial qu'il l'avait imaginé. Le type à sa gauche ronflait et bloquait la vue à travers le hublot, sa mère à sa droite ne pipait pas un mot et gardait les yeux clos. Rien ne bougeait après le décollage. Il n'y a eu aucune turbulence, aucun frisson d'effroi, aucune tentative de détournement ou d'attentat, quel ennui ! Il faudrait qu'il agrémente et améliore ses souvenirs de voyage s'il veut épater Sandu quand il sera de retour en Roumanie. Bientôt, il l'espère. Peut-être le pied de Bunică guérira-t-il plus vite que prévu. Peut-être déjà la semaine prochaine. Alors, il pourra rentrer le week-end d'après à la maison, chez lui, dans son village. C'est l'endroit le plus beau au monde.

Tout compte fait, il n'aime pas trop voyager. Bunic a bien raison quand il dit qu'on n'est nulle part aussi bien que chez soi. Son grand-père ne quitte presque jamais le village. « Tous ces jeunes qui veulent partir, dit-il souvent et il bouge sa tête de droite à gauche, je ne les comprends pas. » Cosmin par contre les comprenait, ces jeunes. Il les enviait, même. Voyager, partir, atterrir autre part, quelle aventure, quelle excitation ! Pff, c'était avant de partir de chez lui. Maintenant, il ne les comprend plus trop. D'accord, partir en Afrique, en Amazonie ou en Alaska, ça au moins ça promet, ça, c'est autre chose. Mais voyager pour arriver, par exemple, en Belgique ? Une vraie déception. En sortant de l'avion, il pleuvait. Dans le bus, ça puait. Dans la rue, les gens se bousculaient. Et pas un seul Diable rouge dans les parages. Que des ours en peluche. Cosmin regarde par la fenêtre. Pas grand-chose à voir. Il fait déjà nuit. Il faut que Bunică guérisse au plus vite. Il lui enverra des lettres, tant pis s'il n'aime pas trop écrire. Il fera des prières, même s'il ne croit pas vraiment au Bon Dieu. Et puis il continuera à penser très très fort à elle, il est sûr que ça l'aide. Après tout, Bunică lui a toujours dit qu'il était son petit bonhomme magique.

« Allez, lève-toi et mets la table », dit sa mère qui l'arrache à sa rêverie. Elle lui tend deux assiettes, puis remplit une cruche d'eau. Quand elle s'assied en face de lui, elle lui sourit. Elle devient belle quand elle sourit. Cosmin se redresse, prend sa fourchette et mange avec un semblant d'appétit.

Nina

Pitié ! L'homme assis devant elle l'exaspère. Deux ans déjà qu'il est son patient et pas le moindre progrès. Comme beaucoup de ses patients, il n'a aucune volonté de s'en sortir. Il veut être malheureux. Scénario catastrophe de toutes les couleurs. Apitoiement sur soi-même. Crêpe de deuil parce que sa maîtresse ne veut pas quitter son mari. Parce que la terre n'est pas plate. Parce que son canari est mort. Il y a un an. Peut-être était-ce un colibri. Ou un pigeon. Peu importe : souffrir, c'est si gai ! Nina réprime un soupir agacé et jette un coup d'œil discret à sa montre. Encore dix minutes, bon sang. Il faut qu'elle change de métier. Elle ne comprend plus ce qui l'a poussée à faire des études de psychologie. Sans doute était-ce pour titiller ses parents. « Psychologie ? » Le ton de son père avait été ironique quand elle avait annoncé le choix de ses études. « Ce ne sont pas des études qu'il faut faire alors, mais des stages chez les curés et les médecins généralistes. » À l'époque, elle avait été vexée et agacée, aujourd'hui elle doit sourire en repensant au conseil de son père, un homme d'affaires souabe honnête (cela peut exister, oui !), terre à terre, sûr de lui et, malgré ses petits défauts, un bon père. Rassurant. Aimant. Dédramatisant. Il lui manque souvent. Trois ans et demi qu'il est mort. Il s'est payé un infarctus de taille. Son père ne faisait pas les choses à moitié. Pas comme elle, la reine du semi, du tiède, d'une moyenne pâteuse, ennuyeuse.

« Vous m'écoutez ? » Monsieur est vexé.

« Mais oui, mais oui. Elle hoche la tête et s'efforce de lui sourire. Continuez, je vous en prie. »

Il reprend sa lamentation.

Encore cinq minutes.

Elle essaie de se concentrer sur lui. Plutôt bel homme. Grand, brun grisonnant, avec un air mélancolique dans ses yeux sombres, ça doit faire craquer certaines femmes. Pas elle. Il lui faut du relief, de l'action, quelqu'un qui la fasse bouger, vivre fort, se passionner. « Pauvre fille, se dit-elle, on n'est pas dans un Arlequin. »

« Que voulez-vous dire avec ça ? » Monsieur est contrarié. Elle a dû prononcer la dernière phrase à mi-voix, gênante tendance. « Élise et moi, ce n'est pas une histoire d'Arlequin. C'est quelque chose de profond, et ce qui nous lie n'est pas seulement sexuel, c'est aussi intellectuel. »

Ravie de l'apprendre, espèce de prétentieux. Nina sourit à nouveau artificiellement et hoche la tête. « Je n'en doute pas. »

Il continue, lancé : « Mais son mari est si dominant, vous savez, un vrai macho italien. »

Ses yeux bruns la regardent d'un air accusateur, comme si elle était de mèche avec toute la mafia napolitaine.

« Il n'y a plus rien entre eux, c'est l'indifférence totale, mais jamais il ne la laisserait partir ! Il l'enferme dans une cage dorée. J'ai parfois l'impression qu'il fait peur à Élise. »

Nina fait semblant de griffonner une observation sur son bloc. Elle renonce à rétorquer qu'Élise ne vit pas en Arabie saoudite et que si elle avait vraiment envie de quitter son mari pour Monsieur, elle le ferait sans demander son avis à son Italien de mari.

Encore deux minutes.

« Bon, elle se lève, lui tend la main. Nous en reparlerons la semaine prochaine. » En plus, il a la main moite. À la place d'Élise, elle se chercherait un autre amant.

Dès qu'il quitte la pièce, Nina décroche son téléphone. Mathilde a essayé de l'appeler quatre fois de suite, pourtant elle sait très bien que Nina n'apprécie pas qu'on la dérange au travail. Sauf urgence, bien entendu. Mais pour sa fille, toute contrariété est une urgence. Pourquoi Adriana ne l'empêche-t-elle pas d'accaparer le téléphone ? Après tout, elle est grassement payée pour s'occuper de Mathilde sans que Nina fasse en permanence la téléassistance ! Mais Nina doit admettre que sa fille est devenue championne en détournement de téléphone, Adriana le lui a déjà souvent dit. « Je vous assure, elle prend le portable et disparaît quelque part dans la maison dès que j'ai le dos tourné, je n'y peux rien. »

« Mama ? C'est Mathilde qui décroche, elle a dû garder le téléphone près d'elle. Tu sais quoi ? » Sa voix est grincheuse. Mais Nina y décèle encore autre chose. Une petite excitation, une envie de commérage. Sa mère a le même ton quand elle a un scoop à annoncer – une voisine qui divorce, une grand-tante qui devient folle, une affaire de corruption locale qui implique des amis notables.

« Qu'est-ce qu'il y a, Mathilde ? Nina est sèche, agacée. Pourquoi tu m'appelles tout le temps bien que tu saches que je ne peux pas répondre quand je suis au cabinet ? Va chez Adriana si tu as un problème. Je travaille. »

« Mais, Maman, je voulais juste te raconter quelque chose. » Mathilde chuchote maintenant, sans doute qu'elle ne veut pas qu'Adriana l'entende, un classique.

« Elle est venue avec son fils. Il s'appelle Cosmin. Comique, non ? »

« Qui, elle ? L'irritation de Nina croît. De qui tu parles ? »

« Mais d'Adriana ! Son fils est là ! » Mathilde a un ton étonnamment joyeux et débite en toute rapidité : « Mais il ne parle pas beaucoup. Je crois qu'il ne parle que le, je ne sais pas, tu sais, cette langue qu'on parle chez eux, là, tu sais, où c'est si pauvre. »

« Le roumain. La Roumanie. Je te l'ai déjà dit cent fois. » Nina monte le ton. Elle sent qu'elle est trop dure, trop impatiente avec sa fille, pourtant, là, elle en veut plutôt à Adriana. Qu'est-ce qu'il lui prend de ramener son fils à la maison, comme ça, sans l'avertir ? C'est un comble.

« Passe-la-moi ! », ordonne-t-elle à sa fille.

« Qui ? » Mathilde ne comprend pas.

« Adriana, bien sûr ! »

« Mais je peux pas ! Mathilde recommence à pleurnicher. Elle m'a interdit de prendre le téléphone. Elle va être fâchée si je le lui apporte. »

Sur ce point, Nina comprend la réaction présumée d'Adriana.

« Bon, je réglerai tout ça ce soir. Sois sage maintenant, remets le téléphone à sa place et va jouer. »

« Avec lui ? » Il y a un mélange d'excitation et d'indignement dans la voix de Mathilde.

« Avec qui, lui ? »

« Mais avec le fils d'Adriana ! »

« Mais oui, va donc jouer avec lui ! Tu te plains toujours de n'avoir personne avec qui jouer à la maison. Alors profites-en. » Nina se lève, coince le téléphone entre épaule et oreille, remet de la main droite un dossier à sa place, ressort un autre avec la gauche. « Je dois te laisser maintenant, ma chérie. Elle claque le nouveau dossier sur la table. Bisous et à ce soir. »

« Mais… Maman, attends ! »

« Pas de mais ! À ce soir ! » Nina raccroche, soupire, se lève et attrape son sac à main. Il lui faut une pause, un sandwich, un chocolat, du café – de préférence en compagnie de Christophe, le dentiste d'à côté, sinon la première moitié de la journée est définitivement fichue. Devant le petit miroir caché à l'intérieur de son armoire, elle se poudre le nez, donne un coup de brosse à ses cheveux et souligne ses yeux avec un trait bleu foncé. Elle n'est pas contente du résultat, elle n'est jamais contente du résultat. Par moment, elle a l'impression qu'elle n'est que poches sous les yeux. Tout son être se résume à ces poches, gonflées, grisâtres, vieillissantes. Des sacoches de peau ridulée qui pendent, retombent sur les pommettes, aussi flasques que son moral. Aujourd'hui, ce n'est pas seulement le reflet de ses poches qui lui déplaît, mais aussi cette ride qui s'incruste avec détermination au milieu de son front et semble le couper en deux. Elle lui donne un air de blonde défraîchie, une sévérité de prof frustrée. Ce n'est pas avec cette tête-là qu'elle séduira le dentiste. Pourtant, une petite aventure lui conviendrait plutôt bien. Cela fait un bon bout de temps qu'elle ne s'est plus prouvé qu'elle peut encore plaire. Les efforts sont trop grands, la récompense maigre. Le tableau de chasse s'allonge, mais la viande reste fade. Une fois consommée, elle ne fait plus aucun effet. Ce n'est pas avec Christophe que cette règle va changer. Tant pis, se dit-elle en sortant de son cabinet, elle mangera un gros sandwich pour se consoler. Et après tout, il n'est même pas son type, le dentiste. Trop maigre, trop pâle. Elle parie qu'il contrôle les caries dans la bouche de son élue avant de l'embrasser. Certainement un pédant derrière ses allures charmantes. « Oui, c'est ça, Nina, se gronde-t-elle à mi-voix. Les raisins qui ne sont pas à la portée de main sont trop verts, c'est si pratique. » Elle a un goût amer dans la bouche quand elle longe le boulevard avant de s'installer dans la brasserie du coin. Aucun dentiste dans les parages.

Mathilde

Elle retourne à pas feutrés au rez-de-chaussée, traverse l'entrée, contourne la table de la salle à manger et se colle sans faire de bruit dans l'embrasure de la porte vers la cuisine. De là, elle a la meilleure vue sur le garçon dont elle a déjà oublié le nom (un nom étrange). Il est assis sur un tabouret près de la fenêtre et ne bouge pas. Il suce le bout de son écharpe – n'a-t-il pas chaud ? – et regarde dehors, dans le jardin. Mathilde se demande ce qu'il y a de passionnant à voir dans ce jardin. Il pleut. La balançoire est mouillée. Le sable doit coller. Les fleurs sont fanées. Drôle de garçon. Il ne parle pas avec sa mère. Adriana épluche des carottes (berk). Mathilde ne voit pas son visage, mais elle est sûre qu'Adriana a ses yeux froids. L'horloge de cuisine avance, mais rien ne se passe. Quel ennui ! Mathilde décide de se faire remarquer, d'entrer dans la cuisine, faire bouger les choses et montrer en même temps que c'est bien à elle, cette maison. On y va !

« J'ai soif ! », déclare-t-elle, et elle ouvre le frigo d'un mouvement impérieux. Elle inspecte son contenu, longuement. « Il est où, le jus de pommes ? »

Adriana se retourne vers elle. « Ah, tu es là. Je me demandais ce que tu faisais. Elle fronce les sourcils. Il n'y a plus de jus dans le frigo ? Alors il faut chercher une bouteille à la cave. »

Mathilde déteste aller seule à la cave. Il y a un fantôme, elle en est assez sûre, même si Papa prétend que ça n'existe pas. Le fantôme fait craquer les vieux meubles en bois que Papa n'aime pas. Et une fois, le fantôme lui a piqué sa barrette, si, si, c'était lui. La petite barrette en or avec le nœud rose. Maman ne l'a pas crue. Pourtant, avant qu'elle aille à la cave chercher la luge, elle était encore là, cette barrette. Après elle était perdue. Nulle part trace de cette stupide barrette. Ce n'est qu'un fantôme qui peut faire disparaître les choses de cette façon.

« Tu vas chercher le jus, Mathilde ? Mais fais attention à ne pas trébucher dans l'escalier. »

« Hm. » Mathilde fait la moue. Adriana l'énerve. Elle pourrait aller elle-même chercher cette bouteille. Mais elle préfère couper les carottes en rondelles, comme si elles devenaient meilleures ainsi. Une carotte est toujours mauvaise, peu importe sa taille. Mathilde hésite et ferme doucement la porte du frigo. Elle n'a pas envie d'avouer à Adriana qu'elle a peur d'aller toute seule à la cave. Adriana se moque de ses peurs. « Mais tu n'es plus un bébé ! », dit-elle à chaque fois que Mathilde ose en montrer une. « T'es une grande fille ! » Mathilde déteste qu'on lui dise ça. Elle n'est pas dupe. « Être une grande fille » signifie faire ce que les adultes veulent, être sage, se taire, ne pas pleurer, ne pas faire ci, ne pas faire ça. À ce prix, elle préfère rester petite. Petite, mais rusée. Elle se tourne vers le garçon.

« Tu viens avec moi ? » C'est plus un ordre qu'une question. Adriana traduit, mais il a déjà compris. Il se lève et s'avance vers elle. Mathilde le dévisage sans bouger. Elle doit pencher sa tête dans la nuque, il est beaucoup plus grand qu'elle. Sa peau mate est parsemée de taches de rousseur, on dirait des éclats de caramel, ça lui plaît bien. Ses yeux sont verts comme ceux d'Adriana, mais en plus jolis. Ses cheveux sont bruns et épais.

« On y va ? », lui demande-t-il en français. Ça l'épate ! Il parle le français, ce garçon de là-bas ? Bon, elle parle certainement mieux, puisqu'elle a le français à l'école, mais du moins ils pourraient se parler sans l'aide d'Adriana. Mathilde se retourne et prend la direction de la cave. Il la suit docilement. Elle jette ses cheveux en arrière et n'a plus peur du tout. Quand ils descendent l'escalier vers le sous-sol, elle l'avertit d'un air important : « Il y a un fantôme là en bas dans la cave. »

« Un fantôme ? », dit-il avec son drôle d'accent. Ses yeux pétillent.

« Oui, oui, il est peut-être dangereux. » Le ton de Mathilde est conspirateur.

« Il joue au football ? » Il rit un peu.

« Mais non, les fantômes ne jouent pas au football. Tu ne connais vraiment rien, toi. » Mathilde est vexée. Encore un qui se moque d'elle. Elle les déteste tous ! Pourquoi personne ne la prend au sérieux ? Les larmes lui montent aux yeux. Avec un geste brusque, sans regarder le garçon, elle tire une bouteille d'un carton et se dirige vers le haut. Son nez coule, elle renifle bruyamment. Le garçon l'observe du coin de l'œil, étonné. Qu'est-ce qu'il a à la regarder comme ça ? Qu'il retourne dans son pays pauvre au lieu de se moquer d'elle ! Maintenant, il lui touche le bras. « Tu pleures ? » Il a l'air si étonné que ça coule encore plus. Elle se sent un peu honteuse de devoir pleurer si souvent, mais elle n'arrive pas à réprimer cette réaction. En reniflant, Mathilde remonte l'escalier sans se retourner. Il la suit comme avant, elle entend ses pas derrière elle. Non, cette fois-ci elle ne se retournera pas.

Presque aveuglée par les larmes, elle traverse le hall, fonce en direction de la cuisine, trébuche à la salle à manger et perd l'équilibre. Bamm ! Douleurs, débris, cris. Adriana accourt, s'énerve, gronde. Mathilde perd tout contrôle. « C'est lui ! Il m'a poussée ! » Elle est hors d'elle, pointe son doigt sur le garçon, puis hurle de plus belle : « Je saigne, je saigne, au secours ! » Son genou est écorché, le jus de pomme se répand tranquillement sur le parquet comme si de rien n'était. Adriana cherche une éponge, plus préoccupée par le sol que par elle. « J'ai besoin d'un pansement ! Tout de suite, je saigne ! » Mathilde hoquette maintenant, elle a mis ses bras autour de sa jambe et regarde la minuscule plaie, tétanisée, sans oser la toucher. Un fil de sang se faufile à travers la peau et coule lentement vers son pied. Adriana frotte le sol, les yeux glacés, indifférente. Mathilde la déteste. Elle aurait pu au moins gronder son fils, puisque Mathilde lui a dit qu'il l'avait poussée, même si ce n'est pas vrai. Adriana n'a rien vu, elle pourrait la croire. Mathilde a envie de vomir, ses yeux se remplissent de nouvelles larmes. Tout à coup, elle sent une main se poser sur son bras, une autre lui tend un mouchoir pas très propre, froissé, à carreaux blancs et bleus. Le garçon se penche vers elle et lui sourit un peu, « tiens, mets-le là-dessus ! », dit-il avec un petit mouvement de tête vers le genou de Mathilde. Elle regarde la main, le mouchoir, arrête de pleurer, mais ne bouge pas, médusée. « Quoi ? Mettre ton mouchoir sur le sang ? »

Adriana dit quelques mots dans sa langue, sa voix est dure. Le garçon remet le mouchoir dans sa poche, hausse les épaules, se lève et s'en va. Adriana attrape la main de Mathilde, l'aide à se mettre debout et la guide vers la salle de bain. Elle applique du mercurochrome sur l'égratignure, découpe un petit pansement et le colle sans douceur sur le genou. « Voilà, mouche-toi, arrête de pleurer et va jouer, maintenant ! » Adriana part sans se retourner. Mathilde se dirige lentement vers sa chambre, le genou est déjà oublié. Elle a soif, mais n'a plus envie d'aller à la cuisine. Il est où, le garçon ? Faut pas qu'il joue avec ses jouets sans lui demander la permission ! Mais non, il n'est pas ici, Mathilde est déçue. Elle redescend sur la pointe des pieds, elle est un chat habile, invisible, inaudible. Où est-elle, la souris ?

Stefan

Avec grande concentration, le stylo à la main, il relit le plaidoyer que sa secrétaire a déposé, imprimé et relié, à côté du thé vert sur son bureau sans bibelots. Il souligne ici une phrase, là un mot, annote ceci et cela d'une écriture propre, penchée vers la droite, petite et régulière. Il fait calme grâce au double vitrage. Le soleil transperce de manière diluée les stores crème, le téléphone est en mode silencieux. Stefan aime son bureau dans la grande maison de maître qui héberge l'étude. Il aime son travail, et il en apprécie presque chaque étape : le premier contact avec le client. Comprendre son enjeu, son but. Détecter les obstacles extérieurs et intérieurs. Deviner aussi les côtés obscurs du client, ceux qu'il essaie de taire pour gagner la confiance de l'avocat, pour s'assurer de sa loyauté. S'approprier le cas. Rechercher, lire, consulter, interpréter les lois, les règlements, les exceptions. Établir une ligne de défense, l'élaborer. Choisir les mots exacts, les formules précises, tout en gardant une élégance rhétorique, peu importe la langue qu'il utilise. Discuter de la stratégie avec un confrère, ensuite avec le client. Le remettre à sa place aussi, s'il s'y croit trop, s'il pense qu'il peut acheter tout le monde, l'avocat inclus, avec ses comptes en banque, son entreprise établie, ses actionnaires fidèles et ses relations nombreuses. L'insécuriser subtilement, poliment, respectueusement, par petites touches. Le rendre plus dépendant de ses services sans le rendre méfiant, bien entendu. Se présenter insidieusement comme sauveur : il est un avocat réputé, à la rigueur allemande, au succès international, et il sortira Monsieur le client de l'embarras. Que celui-ci ne s'inquiète pas, disons pas trop, juste un peu. Que son sommeil soit perturbé, son aisance feinte, son arrogance amoindrie. Oui, il faut qu'il paye, le client condescendant, prétentieux. Qu'il paye doublement, en argent, bien sûr, mais aussi en une monnaie que Stefan a trop bien connue dans sa jeunesse : en baisse-tête, en humilité. Stefan en revanche ne payera plus. Il est arrivé et il le savoure. Sans se mettre sur la pointe des pieds, il garde la tête haute. Il ne la penchera plus, sauf pour travailler, encore et encore.

C'est ce qu'il préfère faire, de toute façon : travailler. Des hobbys ? Lesquels ? Courir, faire du sport ? Il le fait surtout pour garder la forme, pour ne pas s'avachir. *Mens sana in corpore sano*. S'occuper de sa maison ? Oui, c'est vrai, quand ils ont acheté leur maison, il a aménagé l'intérieur avec grand plaisir. Peinture, carrelage et parquet ont été soigneusement choisis. Chaque meuble, chaque peinture a été placé avec minutie. Stefan n'a rien laissé au hasard, rien au désordre. Il y a une structure en filigrane dans leur maison, un design cohérent, original tout en restant sobre. Il est fier du résultat. Si Nina n'était pas si réticente à recevoir des gens (elle devient de plus en plus paresseuse, lui semble-t-il), il en inviterait chaque samedi, juste pour se réjouir de leur admiration pour la composition des meubles, des couleurs et des (rares) décors. Mais l'œuvre est achevée, l'exposition espacée et les soirées et week-ends sont dès lors sans plans ni projets. Il joue avec l'idée d'acheter un appartement à la mer, mais la côte belge ne l'emballe pas et les prix de l'immobilier sont exagérés. Acquérir une maisonnette au Nord de l'Allemagne, à la campagne, pour garder le contact avec sa patrie, pour établir un lien entre Mathilde et son origine lui est passé par la tête aussi. Mais il craint les kilomètres, les longs trajets à faire. En plus, il n'aime pas trop revenir en arrière. L'étroitesse de son enfance et de sa jeunesse l'angoisse, le rapport avec ses parents reste tendu. Il se sent bien entre Bruxelles et sa banlieue huppée, dans ce quartier d'expatriés où l'on se reconnaît comme une espèce à part, à la fois internationale et entre soi, les gagnants d'une globalisation, les migrants de luxe. Non, pas question d'un retour vers l'Allemagne et des souvenirs d'un espace réduit, même pas pour le plaisir de composer un autre chez-soi. Que reste-t-il alors à faire dans son temps libre, à part la lecture et la télé, parfois un musée ou un ciné ? Passer plus de temps avec sa famille ? Stefan en est vite épuisé. Nina l'agace de plus en plus, quelle râleuse ! Il adore Mathilde, enfant unique malgré lui, mais elle grinche trop. Pas moyen d'échanger vraiment ni avec l'une ni avec l'autre. Parfois, il a l'impression d'être avec deux étrangères qui parlent une autre langue et fonctionnent selon des codes qu'il ne comprend pas.

Nina devient de plus en plus imprévisible, c'est épuisant. Le côté excentrique qui l'avait séduit quand ils se sont connus lui tape extrêmement sur les nerfs. Cela n'a plus rien à voir avec les comportements fantaisistes, enjoués, charmants que sa femme a pu avoir pendant leurs premières années communes et qui le déridaient si souvent. Ils se sont transformés en une aigreur agressive alternant avec un désabusement précoce. À chaque fois qu'il ouvre la bouche et essaie de discuter d'un sujet ou d'un autre, elle montre un ennui ostentatoire avant de se tourner vers des futilités sans intérêt. Physiquement, ce n'est plus le pied non plus. Bien qu'elle reste jolie et qu'elle garde son côté félin de chat effarouché, Nina a trop grossi. À force de s'empiffrer de crasses (aucune discipline !), elle accumule de vilains bourrelets autour du ventre et des hanches. Ses fesses s'élargissent, ses seins s'alourdissent. Et après, elle s'étonne qu'il n'ait plus envie de la toucher. Pourtant, elle le sait bien : il n'aime pas le gras, sous aucune forme. Il aime sentir os et muscles, un corps svelte et ferme. L'image de Sujin s'impose, une collègue d'origine sud-coréenne, fine et gracieuse, souple et souriante, qui sert de modèle à son fantasme préféré. Il la chasse avec quelques remords de ses pensées. Il n'est pas un homme libre.

Stefan regrette parfois de s'être marié et d'avoir fondé une famille. Dire qu'il aurait pu vivre en heureux célibataire, aménageant le temps à sa guise, sans rendre de comptes à personne... D'un autre côté, il n'a jamais été aussi heureux qu'après la naissance de Mathilde. Un bonheur étonnant, indescriptible devant cet être tout neuf qui lui semblait parfait. Ce bébé l'émerveillait, ramollissait toutes ses croûtes dures et affinait ses couches d'autoprotection, de rationalité et de pragmatisme. Ce n'est que trois, quatre ans plus tard que son enthousiasme pour sa fille a commencé à rétrécir. En grandissant, la petite est devenue fatigante, insistante et éternellement insatisfaite. Pareille à sa mère. Pourtant, elles ont tout pour être heureuses ! Non, vraiment, il ne les comprend pas. La vie familiale lui pèse. Mais il le sait bien, sans Nina et Mathilde, il ne serait pas allé aussi loin, professionnellement parlant. Une famille aide à faire carrière, donne de la crédibilité et renforce la confiance des clients potentiels. Un homme à famille est un homme responsable. Un homme à famille doit gagner de l'argent pour subvenir aux besoins de ses proches. Pour en gagner assez, il faut gagner des procès. Stefan aime gagner. Et il aime le sentiment de pouvoir se payer des luxes, de gâter ses femmes, la grande et la petite. Parce que oui, malgré tout, il les aime. Surtout quand elles lui font le plaisir d'être souriantes, cadeau rare et précieux.

Ce n'est malheureusement pas le cas ce soir. Stefan le constate dès qu'il rentre à la maison. Nina s'affaire à la cuisine, le visage crispé. Mathilde est assise au coin de la table et tire une tronche devant un jeu animé sur la tablette de sa mère. Bisous à vent, regards absents, mouvements saccadés de la part des deux.

« Cela n'a pas l'air d'être la forme, ici, ce soir », lance Stefan d'un ton laconique et il soulève le couvercle de la casserole. Nina attrape son verre de vin blanc, boit comme si c'était de l'eau et se tourne vers lui.

« Surveille la soupe, s'il te plaît. » Ton accusateur : « J'ai froid, je reviens tout de suite. » Stefan se demande ce qui se passe encore.

« T'as eu une bonne journée, ma chérie ? », demande-t-il à Mathilde.

« Non ! » Elle ne décolle pas les yeux de la tablette, bien qu'elle sache que son père déteste ça. Stefan soupire et agite d'une main maladroite le fouet dans la casserole.

« Et pourquoi pas ? » La soupe a une drôle de couleur jaunâtre et elle lui paraît trop épaisse, mais il gardera cette observation pour lui.

« Adriana a amené son fils sans demander la permission, répond Mathilde sur un ton de rapporteuse en chef. Il est plus grand que moi et il est ennuyeux. » Mademoiselle triomphe : « Maman n'est pas contente. Adriana aurait dû lui demander la permission. »

« La permission ? Que son fils vienne avec elle ? » Stefan ne comprend pas la nature du délit. « Sans doute qu'il lui rend visite et elle ne veut pas le laisser seul à la maison. »

« Mais enfin, Stefan ! » Nina réapparaît. Elle a mis sa vieille veste en laine, déformée et à moitié bouffée par des mites. Entre rouge moulant et brun poussiéreux, elle reste dans les extrêmes. Stefan détourne les yeux.

« Elle ne peut quand même pas débarquer ici avec son gosse sans m'avoir demandé si ça nous arrange ! » Nina se ressert du vin et continue d'un air indigné : « Je ne lui ai rien dit aujourd'hui, mais si cela se reproduit demain, je ne vais pas laisser passer. » Elle boit avidement. Stefan est agacé. Sa femme n'est pas cohérente. Il ne peut pas émettre la moindre petite critique sur Adriana sans qu'elle lui arrache les yeux, mais pour se montrer chiche face à la présence d'un gamin, elle n'a aucun mal.

« Et pourquoi pas ? Son ton est sec. En quoi le gamin dérange ? Il peut jouer avec la petite, ça lui fait de la compagnie, vu qu'elle n'a pas de frères et sœurs. »

Nina lui jette un regard assassin, mais ne répond pas. Avec des mouvements saccadés, elle déballe le pain et coupe des tranches trop grosses.

« Je ne veux pas jouer avec lui. Il est ennuyeux ! » Mathilde lève enfin ses yeux de la tablette. « Il voulait tout le temps aller dehors. Il fait froid dehors, et je n'aime pas le foot ! » La pleurnicherie recommence.

Sans l'avoir rencontré, Stefan éprouve une sympathie spontanée, une solidarité masculine avec le gosse d'Adriana. Entouré de toutes ces femmes difficiles, il a dû passer un après-midi particulièrement désagréable. Stefan éteint la plaque sous la soupe. « Allez, à table. » Sa voix est grise. Il n'est même pas huit heures et il a déjà envie d'aller se coucher.

Adriana

Madame la psychologue n'était pas contente en voyant Cosmin. Adriana l'a remarqué tout de suite. Mais comme elle ne disait rien, il ne fallait surtout pas s'excuser et se lancer dans de longues explications. Comme si elles s'étaient rencontrées par hasard dans la rue, Adriana a fait les présentations brièvement. « Cosmin, dit bonjour. C'est Nina, la maman de Mathilde. » Madame avait un sourire forcé, sans bienveillance. « Et voici mon fils. Cosmin. » En le regardant de haut en bas, son sourire est devenu plus naturel. « Hello, jeune homme. » Elle a hoché la tête et tendu la main au petit. Adriana a vite ajouté, tout en le poussant vers la porte : « Il me rend visite pour quelques jours. Allez, Cosmin, il faut qu'on y aille, maintenant. »

Dans le bus, sa demi-phrase lui trotte en tête : pour quelques jours. Faut pas rêver. Ce seront quelques semaines. Ou même des mois. Mais il ne fallait pas tout dévoiler à Nina, ça aurait entraîné des questions désagréables. Si elle veut continuer à prendre Cosmin avec elle au boulot,

Adriana doit miser sur le fait accompli et éviter toute justification. De toute façon, il n'y a pas grand-chose à expliquer ou à prévoir. Personne ne sait quand Cosmin pourra rentrer en Roumanie. Bientôt, espérons-le.

Le petit n'a pas l'air d'être dans son assiette. Pas du tout, même, il est carrément à côté de l'assiette. Il ne dit rien, ne sourit pas, bouge de moins en moins. Comme s'il se transformait peu à peu en cire. Dans une copie glacée de Cosmin. Sans vie, sans mouvement. Plus rien ne pétille. Il a pris deux ans en deux jours. Ça lui fout les boules, à Adriana. Ça la met en rage aussi. Sale gosse ! Pourquoi ne s'adapte-t-il pas un minimum ? Pourquoi ne fait-il pas le moindre effort ? Est-ce facile pour elle, peut-être ? Elle se tue pour se lever chaque matin, pour aller travailler, pour supporter la grenouille et sa mère, pour garder patience, acheter à bouffer et payer le loyer, pour continuer et vivre décemment, sans se faire aspirer par les démons du passé. Se plaint-elle, peut-être ? Non ! Elle se bat. Elle lutte. Elle garde un équilibre. Elle ne se prend pas en pitié. Elle se maîtrise. Elle refoule la boule qui cogne. Elle enfonce les pieds dans la terre, tient la tête haute.

Elle garde le moral. Pourtant, ce n'est pas facile tous les jours. La haine la vivifie, mais la démange aussi. Elle la grignote de l'intérieur, fraise des failles dans son self-control. Parfois, Adriana n'a qu'une seule envie : casser. Hurler. Déchirer. Frapper. Tuer. Tout le monde. Chaque personne qu'elle croise. Même ceux qui ont l'air gentils. Même ceux qu'elle aime. Sale maladie, la haine. Utile, mais ravageuse.

Pour guérir, il n'y a qu'un seul remède. Il lui faut la sorcière. Absolument. Ce n'est que quand elle l'aura retrouvée, quand elle l'aura défigurée, brisée et détruite que la vie recommencera. Une vie nouvelle, gaie et apaisée. Gaston, Cosmin, ses parents, Anda et les autres, même Nina et Mathilde y trouveront une place, tout en sérénité. La haine pourra se désagréger, la boule se décomposer.

Adriana est fatiguée, sa tête se balance au rythme du bus. Le chauffeur, gros, brun, barbu, a une conduite brusque. Il freine, il accélère sans douceur. Adriana lui jette un regard mauvais. Ces Arabes ne savent rien faire de bien, pense-t-elle, à part la guerre peut-être, et les attentats. Ils ne peuvent même pas rouler convenablement. Pourtant, ce n'est pas si difficile. Pas étonnant qu'ils deviennent des cas sociaux ou des terroristes ! Non mais, c'est vrai, quoi ! Et en plus, ils n'ont aucun respect pour leurs femmes. Faut dire qu'elles sont de pauvres cruches, celles-là, derrière leurs voiles. On dirait des espèces de tentes ambulantes. C'est d'un sexy, d'un gai, surtout quand le tissu est noir... Adriana regrette que dans son quartier, « les basanés » – comme elle aime les appeler tout en se rendant compte du côté primitif de son rejet, de son racisme primaire (elle l'assume ! Il lui fait du bien) – sont en majorité. Si elle gagnait plus, elle aurait déménagé depuis longtemps. La pauvreté, elle la connaît, mais celle d'ici n'est pas la même que dans son village en Roumanie. Là-bas au moins on se connaît, on se soutient, on se ressemble. Ici, il n'y a que des étrangers. Les voilées et leurs poussettes lui tapent sur les nerfs. Les barbus la dégoûtent. L'odeur des joints dans le sillage des petits jeunes lui donne la nausée. Les Polonais puent l'alcool et se sentent supérieurs aux Roumains. Les night shops avec ces Pakis au regard mélancolique la dépriment. Pas moyen de sourire, ou quoi ? Pas moyen d'arranger un peu leur marchandise pour que ça fasse un peu plus frais et rangé ? Non, il faut que tout soit triste et morne. Comme les gens dans ce bus. Ils tirent tous une de ces têtes !

Excédée, Adriana détourne son regard vers l'extérieur. Il pleut, encore. Cette nuit, il faut qu'elle dorme enfin un peu mieux, et surtout elle ne doit rien rêver, sinon elle va péter un câble. Elle sait que le pire, ce ne sont pas les insomnies. Le pire, ce sont les cauchemars. Ils s'infiltrent insidieusement et l'épuisent plus que tout. La nuit dernière, ça avait commencé en douceur. Elle avait rêvé de Laure Dulière, l'assistante sociale qui s'était occupée d'elle après l'avoir sauvée de la rue où elle s'était enfuie pour échapper aux sorcelleries. Laure et elle se trouvaient au Centre pour les victimes de la traite des êtres humains et buvaient un jus de pomme. Gentille mais niaise, Laura avait essayé de convaincre Adriana de venir avec elle, à l'école, reprendre les cours chez Madame Agneta. Adriana avait voulu lui faire comprendre que Madame Agneta, c'était en Roumanie, pas ici à Bruxelles. Mais Laure ne comprenait rien. Peu à peu, direction cauchemar, son visage rond et bon s'était transformé en grimace, ses mains potelées en griffes. Quand la sorcière avait attrapé Adriana avec ses longs ongles et à l'aide des hommes aux yeux rouges pour la tirer hors du centre, Adriana s'était réveillée en sursaut. Son cœur battait, sa chemise de nuit était humide de sueur. Non, elle ne pouvait pas allumer la télé pour se calmer, pour se distraire. À côté d'elle dormait son fils, les cheveux en choucroute, les poignets fermés. Elle était restée éveillée jusqu'à ce que le réveil sonne.

« Allez, Cosmin, vas-y, bouge-toi. Elle tire son fils du siège du bus. Faut sortir ici, c'est notre arrêt. » Cosmin se lève et la suit sans rien dire. Ses pieds traînent, son petit visage est fatigué et gris. Dehors, il fait déjà nuit. Une bruine mouille les cheveux. Adriana a oublié son parapluie. Les voitures sont nerveuses et bruyantes, leurs phares les éblouissent. Adriana accélère. Son fils est un demi-pas derrière elle. Ils ne se parlent pas, ils ne se touchent pas. Deux fantômes sous la pluie. Enfin arrivés à la maison, la clé de la porte d'entrée coince. Comme toujours et surtout quand il pleut. Adriana réprime un juron et se force au calme. Un, deux, trois, la porte s'ouvre enfin. Le couloir pue l'humidité, le moisi.

Ils montent les quatre étages, toujours en silence. Le cafard est contagieux.

« Tu as faim ? » La voix d'Adriana est plus dure qu'elle le voudrait. Elle accroche sa veste, allume le chauffage et regarde son fils avec impatience. Cosmin soulève les épaules, les laisse tomber. « Ça veut dire quoi, ça ? » Elle fronce les sourcils et enlève ses bottes. « Oui ou non ? » Ses pieds sont glacés, elle doit s'acheter des pantoufles.

« Un peu. » Il ne la regarde pas, ôte à son tour ses chaussures trempées et accroche sa veste au portemanteau branlant. Il frissonne. Sa peau et ses lèvres sont pâles.

« OK, je prépare quelque chose, et toi tu files sous la douche en attendant que ça soit prêt. » Cosmin hoche la tête et se dirige vers la minuscule salle de douche. On dirait un agneau qui va vers l'abattoir. Adriana est triste et énervée à la fois. Elle ouvre l'armoire et sort un paquet de pâtes. Après le repas, elle appellera ses parents. Peut-être qu'ils sortiront Cosmin de sa léthargie. Plus son fils reste sous la douche, plus le cœur d'Adriana s'alourdit. Elle n'a même pas le courage de l'engueuler parce qu'il gaspille de l'eau, parce qu'il ne se dépêche pas. Peut-être que l'eau chaude et l'odeur du savon lui font le bien dont il a besoin. Adriana met de l'huile dans les pâtes et coupe un oignon. Ses yeux rougissent. Pourquoi est-il si malheureux avec elle, le petit ? Est-ce si horrible d'être ici ? Est-elle une mère si incapable que ça ? Pourtant, il a eu une journée plutôt bien, dans cette grande et belle maison. Bon, la grenouille était casse-pieds comme souvent et ils n'ont pas vraiment joué ensemble. Mais Adriana ne l'a même pas grondé d'avoir poussé Mathilde. S'il l'a vraiment fait, Adriana n'en est pas sûre. La petite ment comme elle respire, pas étonnant, avec une mère pareille.

Adriana tourne les oignons dans la poêle, ajoute une boîte de tomates et goûte les pâtes. Elles sont déjà trop cuites. « Cosmin ! Sors vite de la douche, le repas est prêt ! » Le petit arrive deux minutes plus tard. Son pyjama est trop grand. Ses cheveux lui collent au front, des gouttes d'eau s'en dégagent et coulent vers le cou. « Faut mieux sécher tes cheveux, sinon tu vas prendre froid. » Adriana s'empare d'une serviette, frotte la tête de son fils avec détermination. Quand ils se mettent enfin à table, les pâtes se sont presque transformées en purée. La sauce tomate d'un rose suspect n'arrange rien. Les yeux de Cosmin sont rougis, il mange sans grand appétit. Adriana est soulagée quand le téléphone commence à vibrer. C'est l'occasion de se lever, d'échapper à ce tête-à-tête cafardeux. « Termine ton assiette, je reviens tout de suite », lance-t-elle à Cosmin avant de s'éclipser dans la chambre à coucher. Elle est contente d'entendre la voix rassurante de Gaston, même s'il appelle sans permission.

Gaston

Miracle ! Adriana a enfin consenti à le voir. Elle veut même lui présenter son fils cet après-midi. Gaston a l'impression que cela ne se passe pas trop bien entre les deux. Adriana est déprimée, moins dure que d'habitude et accepte qu'il l'appelle chaque soir depuis que le gosse est chez elle. Sans doute qu'ils n'ont pas grand-chose à se dire. Ce n'est peut-être pas étonnant, vu qu'ils ne se voient que si rarement. N'ont-ils jamais vécu ensemble ? Gaston doit repenser à sa mère, tellement aimante, tellement présente, même quand elle rentrait tard du travail. Elle laissait des biscuits ou des fruits sur une assiette, une liste de courses et un petit mot pour lui et son frère. « À ce soir, soyez sages, gros bisous mes deux cœurs. » Gaston ressent un pincement dans le sien, comme presque à chaque fois qu'il pense à sa mère. À vrai dire, il ne comprend pas bien pourquoi Adriana a laissé son fils en Roumanie. Si, il le comprend, un peu – comment se débrouiller avec un gamin ici, avec de petits moyens, et puis il doit être bien chez ses grands-parents, mais tout de même ! Gaston a lu assez de reportages sur les enfants « socialement orphelins » des pays de l'Est. Moldavie, Ukraine, Pologne, Roumanie et autres. Les parents s'en vont travailler dans les pays prospères de l'Europe de l'Ouest, les enfants restent avec les grands-parents, une tante, un oncle, la voisine ou parfois tout seuls. Tandis que les mères torchent les popotins des petits ou des vieux dont les familles ont beaucoup d'argent mais peu de temps, leurs propres enfants grandissent sans étreinte maternelle. Et pendant que leurs pères cueillent des fraises et récoltent des salades dans les champs d'une agriculture expansive, les enfants se contentent de paquets cadeaux, tendresse par procuration postale.

Qu'est-ce qu'il a envie d'être père, lui ! Il ne laissera pas son enfant seul, oh non. Il sera présent, un papa poule, protecteur. Il ne comprend pas les hommes qui ne veulent pas d'enfant sous prétexte de conserver leur liberté, de ne pas pouvoir porter cette responsabilité ou de ne pas vouloir mettre des gosses dans un monde qui ne tourne pas rond. Comme si un monde sans enfants était un monde meilleur. Gaston ressent un pincement au cœur quand il voit les petites bouilles gazouillantes dans les poussettes ou quand des gamins sautillent devant lui dans la rue. Adriana se moque de son désir d'enfant. Elle le trouve efféminé, comme si ce désir n'était admis que chez les femmes. Pourtant c'est plutôt elle, Adriana, qui est étrange dans son rapport avec son fils, avec sa maternité sous-développée. D'accord, Gaston se corrige en pensée, ce n'est pas à lui de juger de ses qualités de mère, mais c'est frappant qu'elle parle si peu de son gamin et qu'elle ne veuille en aucun cas un deuxième.

Dans deux heures il le verra, ce petit, et ça le rend nerveux. Doit-il lui faire la bise ou lui donner la main ? Lui dire bonjour dans ce roumain approximatif qu'il s'est efforcé d'apprendre pour s'approcher d'Adriana, pour essayer de mieux la comprendre ? Le garçon va peut-être se moquer de lui. « Laisse faire les choses, se dit-il à mi-voix, calme-toi, ce n'est pas ton beau-père que tu rencontreras, mais un enfant. » Gaston repousse l'idée que le fils d'Adriana puisse être effrayé par sa couleur de peau. Il n'a pas de complexes à ce sujet, non, vraiment pas, il n'est pas trop susceptible non plus (le refus de devenir comme son père). Mais il sait que les enfants ont parfois des préjugés, surtout s'ils ne sont pas habitués à voir des gens qui ne leur ressemblent pas. Il ne sait pas ce qu'Adriana a raconté à son fils de lui, d'eux, de leur relation. Pour finir, il sait si peu d'elle. Gaston soupire, sort l'aspirateur et commence à nettoyer son appartement qui n'en a pas vraiment besoin, la femme de ménage est passée il y a trois jours. Mais Gaston veut que ce soit impeccablement propre et agréable, accueillant. Le petit doit se sentir bien ici et voir que le copain de sa mère prend soin d'elle, d'eux, de tout. Il a même acheté un gâteau au chocolat. Tous les enfants aiment le chocolat, n'est-ce pas ?

Cosmin

Enfin quelque chose d'intéressant à Bruxelles ! Cet appartement héberge des trésors, de grandes cartes du monde, des tapis de toutes les couleurs et des objets curieux : des bonshommes en bois, des espèces de masques et des femmes aux seins pointus, des lances et des tambourins, des instruments de musique étranges. Et le copain de sa mère paraît assez sympa. Cosmin se remet vite de son étonnement du départ – Maman ne lui avait pas dit que son ami avait la peau noire. En fait pas noire, mais brune, d'un brun clair, pour être précis. Maman ressemble à du yaourt nature à côté de lui. L'homme tend la main à Cosmin, la serre convenablement, comme un vrai footballeur, pas comme un saumon mort. Il lui fait un grand sourire ensoleillé, ses yeux pétillent. Il se tourne vers Maman, s'en approche pour l'embrasser sur la bouche, mais elle détourne vite le visage, les traits tendus. Le bisou s'envole. L'homme se retire, son sourire s'efforce, s'efface, Cosmin compatit.

Maman est nerveuse. Elle pousse Cosmin à l'intérieur du salon comme s'il était un paquet. Il trébuche, se rattrape, réprime un agacement contre sa mère. Elle est quand même souvent brusque, pas comme Bunică avec ses gestes ronds et doux. Il passe son regard de sa mère vers le grand homme à la peau brune et se demande ce que diraient ses grands-parents s'ils savaient que leur fille a un ami qui vient d'Afrique. Cosmin a du mal à s'imaginer leur réaction, surtout celle de Bunică. Elle l'étonne parfois quand ils parlent d'autres gens. Cosmin a remarqué qu'elle a souvent un autre avis que les voisines et l'épicier. Elle contredit même Bunic, surtout quand il râle sur les Tsiganes. « C'est eux qui nettoient les rues ou toi ? C'est toi qui ramasses les poubelles ou eux ? », dit-elle alors avec un visage qui ressemble à celui d'Agneta quand elle le gronde. Peut-être que le brun clair de l'homme plairait à Bunică, c'est tout à fait possible, et cette idée rassure Cosmin. Faut dire que tout ce qui est en lien avec sa grand-mère le rassure.

« Tu peux m'appeler Gaston. » L'homme a une voix basse, on dirait qu'elle sort d'un puits. Il n'est pas mal, ce son. « Gaston », drôle de nom. Il fait sourire Cosmin, ce qui fait à nouveau sourire l'homme. « Tu aimes le gâteau au chocolat ? » Cosmin hoche la tête. Évidemment, il aime ça. Sandu aussi, enfin quelque chose à lui raconter, en plus le gâteau est énorme ! Gaston et lui mangent en silence. Maman ne veut pas de gâteau. Incompréhensible, comme tant de choses chez elle. Cela ne semble pas déranger l'homme qui la regarde comme si elle était du caramel et lui l'emballage en papier brillant. Il a exactement la même expression que Micu quand il se met à ses pieds. Cosmin a envie de rire, ce qui le surprend. Il se rend compte qu'il n'a pas ri une fois depuis qu'il a quitté la Roumanie. Il est temps qu'il y retourne pour que ça rigole à nouveau tous les jours.

« Jus de pomme ? Coca ? Fanta ? » La voix basse et le Fanta encouragent Cosmin à considérer que son séjour ici n'est pas uniquement décevant. Il termine tranquillement son deuxième morceau de gâteau et sirote sa limonade sans se laisser perturber par le silence des adultes. Mmh, qu'est-ce qu'il est intense, ce chocolat ! Un point pour la Belgique.

Il termine à regret, récolte quelques miettes avec son index et un peu de salive et lève enfin la tête de son assiette. Sa mère est sortie sur le balcon, pour fumer. Elle paraît plus calme qu'en arrivant. L'homme – allez, bon, Cosmin veut bien l'appeler Gaston, il a bien le droit de porter un nom –, Gaston lui sourit à nouveau, un peu gêné. Il regarde autour de lui et ne sait pas quoi dire, ça se voit. Cosmin voudrait bien, mais ne peut pas l'aider, il ne sait pas quoi dire non plus. La cigarette est longue, la fumée traîne, Cosmin a envie de tousser rien qu'en la voyant de loin. « Viens ! », lui dit Gaston tout d'un coup, il se lève avec souplesse. Cosmin, surpris, se lève à son tour et le suit sans un mot. Ils traversent deux pièces en enfilade, débouchent sur une cuisine lumineuse qui s'ouvre sur une véranda et une petite cour. Gaston ouvre la porte, sort, pêche un ballon qui paraît tout neuf dans une corbeille de la véranda et le lui lance. Cosmin l'attrape de justesse, avec un mouvement précis de son pied gauche. C'est bien parti.

Mathilde

Lundi sans école. Journée pé-da-go-gique, ça y est, elle connaît le mot, pé-da-go-gique, tant elle le déteste. Journée pédagogique signifie rester avec Adriana à la maison toute la journée. Yeux glacés, instructions et purée. Ennui, longueurs et attentes. Que la journée se passe, que Maman revienne, qu'Adriana parte. Avant, Maman s'arrangeait parfois pour que Mathilde puisse aller jouer chez une de ses copines quand il n'y avait pas école. Ce n'était pas mal, ça. Mathilde aime bien aller chez les autres, découvrir leur maison, leurs jouets, leur famille, leur repas. Mais comme Maman n'aime pas trop que Mathilde invite des copines chez elle – elle prétend qu'elle ne peut pas prendre congé, pourtant Mathilde sait que Maman n'a surtout pas envie de s'en occuper –, elle ne veut plus qu'elle aille chez les autres. Bon, Mathilde comprend – d'une certaine façon, c'est comme avec les bonbons et les chips. Elle ne peut pas toujours piocher dans les sachets des autres sans les laisser piocher dans le sien. Le problème : elle n'a jamais un sachet de bonbons ou de chips.

Elle n'a que des barres de fruits secs ou des quartiers de pomme brunis. Personne n'en veut.

Mathilde en a déjà marre de cette journée, bien qu'elle vienne de commencer. Elle est assise à la cuisine et tourne avec dégoût la cuillère dans son muesli. Il y a trop de raisins secs là-dedans. Ils ont gonflé dans le yaourt, on dirait des mini-souris mortes, beurk. Elle a envie d'un croissant bien gras ou d'un petit pain au chocolat. Mais Papa, il n'aime pas ça. Papa, lui, il ne mange que des fruits pour le petit-déjeuner. Pomme, kiwi, orange. Parfois quelques amandes ou noix. Et puis il boit son thé vert, sans dire grand-chose. De temps en temps, il la regarde, lui sourit, « mange, ma chérie ». Il sent bon l'eau de Cologne, ses joues sont lisses et sa chemise est bleue. Il est beau son papa, même s'il a déjà beaucoup de rides, surtout autour des yeux. Maman en a aussi, mais elle les cache derrière une crème épaisse et de la poudre. Un jour, Mathilde a voulu faire pareil, après il y avait de la poudre partout et Maman a crié très fort. Depuis, elle ne laisse plus entrer Mathilde dans sa salle de bain à elle. Par contre, elle y passe des heures, comme maintenant, comme chaque matin. Mathilde soupire et écrase une souris morte. Et après les heures dans la salle de bain, Maman n'a pas le temps de déjeuner. Elle boit juste son café, debout, sans regarder personne. Mais elle sent bon aussi quand elle l'embrasse. « À ce soir, ma chérie ! »

Mathilde hoche la tête, mais elle a envie de pleurer. Ça lui fait du bien de pleurer, elle aime ça, laisser couler les larmes, émettre de petits couinements, même le hoquet est agréable. Mais elle a bien compris que les adultes n'aiment pas qu'on pleure. En tout cas, ils n'aiment pas qu'elle pleure. Ils la grondent et lui disent d'arrêter, de ne pas se laisser aller. Maman, Papa, Adriana, les profs, personne ne veut qu'elle pleure. Même à travers un geste tendre, un bisou, une caresse sur la tête elle perçoit que ça les agace quand elle le fait et qu'ils n'ont qu'une envie : qu'elle s'arrête. Elle essaie donc de sourire à sa maman, mais celle-ci ne le voit plus, ne la voit plus, elle est déjà partie, vite comme le vent, le claquement de porte résonne dans les oreilles de Mathilde et dans les yeux orageux de Papa. Il déteste que Maman claque les portes, Papa aime le silence, le calme. Il range sa tasse dans le lave-vaisselle, le ferme avec un mouvement lent, se tourne vers elle. « Termine ton muesli, ma chérie, Adriana est bientôt là. » Adriana. Pff. Aucune envie de la voir, elle et ses glaçons, aucune envie de l'entendre, elle et son ton méchant. Avec dégoût, Mathilde termine son muesli, pour faire plaisir à son papa. À vrai dire, elle espère un peu qu'Adriana vienne avec son fils, avec un nom bizarre, quelque chose avec Co-jenesaisquoi. Peu importe, en tout cas, il n'est pas si bête que ça, lui, et peut-être même presque un peu gentil, pas comme sa méchante maman. Qui sait, peut-être qu'Adriana n'est pas sa vraie mère, mais sa marâtre. Sans qu'il le sache, le pauvre. S'il a de la chance, son papa est plus gentil. Tiens, il est où celui-là ? Est-il resté dans leur pays ? Mathilde va poser la question au garçon. Et aussi s'il a des frères et sœurs. Mathilde, elle aimerait bien en avoir. Un grand frère, par exemple. Mais ça ne marche plus, elle le sait, elle n'est pas stupide. Il aurait dû naître avant elle. Alors elle veut du moins une petite sœur, un bébé tout rond. Elle lui donnerait le biberon, l'habillerait tous les matins et la gronderait si elle fait des bêtises.

Papa l'embrasse. « À ce soir, ma petite, sois sage avec Adriana et gentille avec son fils s'il vient aussi. » Il regarde sa montre et enfile son manteau. « Adriana doit venir d'un moment à l'autre, je peux te laisser seule, là ? » Elle hoche la tête et sourit, toute fière. Elle est grande, maintenant, on peut la laisser seule. Il l'embrasse encore, prend sa mallette, lui caresse les cheveux et sort sans claquer la porte. Mathilde court vers la fenêtre pour le suivre du regard. Il est déjà parti, mais voilà Adriana, pff ! Ah, heureusement, elle est venue avec son fils ! Mathilde sautille, excitée. Peut-être va-t-elle quand même un peu s'amuser aujourd'hui. Mais il faut tout de même que le garçon comprenne d'abord que c'est elle la chef ici, et pas lui. Oui, c'est clair : parce que Maman est la chef d'Adriana, Mathilde est la chef de son fils. En plus, il est dans sa maison à elle. Satisfaite de ce raisonnement en béton, elle court vers la porte et l'ouvre avec un grand geste qu'elle a copié chez sa grand-mère quand elle reçoit des invités. Le regard glaçon n'empêche pas son élan. « Bonjour », elle sourit au garçon. Il lui sourit aussi. Voilà Mathilde heureuse.

Adriana

Voilà, la petite grenouille est toute contente. Ça n'arrive pas souvent. Adriana n'est pas dupe, c'est grâce au petit. Si Madame la psychologue voyait comme sa fille saute de joie autour de Cosmin, elle ne prendrait plus jamais l'air pincé qu'elle a eu vendredi dernier en l'apercevant. Adriana ne lui a pas encore pardonné cette tronche-là, Cosmin ne l'a pas mérité. D'accord, le petit l'agace parfois parce qu'il n'est pas heureux avec elle, parce qu'il a, depuis qu'il est en Belgique, un air de chaton sensible et vulnérable difficilement supportable, mais elle est sa mère, elle a bien le droit d'être agacée par sa présence. L'autre, par contre, non, elle n'avait pas le droit de faire la tête en le voyant. Il ne fait de mal à personne, il ne prend pas de place, il est respectueux et bien élevé, pas pourri gâté comme la grenouille. En tout cas, Mathilde sautille sans cesse. Elle est tout heureuse d'avoir enfin quelqu'un avec qui jouer. Mais Madame n'est plus là pour le voir, elle a dû être très matinale aujourd'hui. Tant mieux, remarque. Cela évite le blabla inutile, les instructions masquées derrière un sourire de copinage, qui veut donner l'impression d'échanger d'égale à égale. N'importe quoi. Il n'y a pas d'égalité quand une paye et l'autre bosse, quand une a le fric et l'autre les emmerdes, quand une claque et l'autre compte. La boule durcit de bon matin, mauvais signe.

« Allez, les enfants, sortez de cette cuisine, allez jouer ! » Adriana chasse Mathilde et Cosmin d'un mouvement de la main, range le lait dans le frigo et le muesli dans l'armoire. Avant de passer l'aspirateur, elle se permet le luxe de se faire un cappuccino avec la Ferrari des machines à café, un énorme engin brillant, tape-à-l'œil, qui trône à la droite du plan de travail comme le symbole même de la réussite financière. La machine a le chic pour énerver Adriana chaque matin. Elle a d'ailleurs souvent joué avec l'idée d'enlever discrètement une ou deux vis pour lui ôter sa belle allure, pour la saborder, mais non, elle ne le fera pas. Adriana se contrôle une fois de plus, la boule en devient marbre. Adriana est fière de sa capacité de domination, et pour se le prouver davantage, elle utilise la machine avec précaution, avec des gestes tendres. Elle fait un bon café, il faut l'admettre, bien meilleur que celui produit par son vieux percolateur de seconde main. Le café de cette machine de luxe est fort, savoureux et doux à la fois. Même son bruit, sa manière d'évacuer le café est délicate et feutrée.

Adriana ouvre la fenêtre qui donne sur le jardin, dépose sa tasse fumante sur le rebord, s'assied sur un tabouret de cuisine et s'allume une cigarette. Il est interdit de fumer ici. Madame a arrêté il y a quelques années, ce qui la rend spécialement intolérante, et Monsieur prétend qu'il est allergique à la fumée, une allergie de plus, il les collectionne. Mais Adriana s'en moque, de l'interdiction. Son besoin de nicotine est trop fort, surtout le matin pour se mettre en route. Gaston a beau lui dire qu'en fumant, elle s'abîme la santé, ses poumons, sa peau, son goût, elle n'en a pas grand-chose à faire et elle n'y croit pas trop. Son père fume depuis 55 ans et il reste vaillant. Et quand bien même il n'est pas bon de fumer : tant pis. Faut bien mourir un jour. D'accord, en attendant, elle veut quand même que son corps fonctionne sans maux après avoir survécu à la puanteur, à l'emprisonnement, à la violence. Il a bien mérité un peu de bien-être et de repos. Mais elle veut surtout que son esprit ne s'alourdisse pas trop, et pour ça, elle a besoin de cinq cigarettes par jour. Cinq au minimum. Seulement cinq parce qu'elles sont chères. Trop chères pour une fille comme elle qui n'est même pas capable de prendre sa vengeance sur celle qui lui a donné le goût de la cigarette. Pourtant, la sorcière ne fumait que des cigarillos haut de gamme. Leur couleur s'accordait mieux avec son vernis et leur odeur avec son parfum, disait-elle avec un rire arrogant. Adriana rêve de lui brûler les ongles, un par un, avec sa cigarette des pauvres. Elle le fera, un jour, promis juré. Calmée, elle termine son café.

Nina

Elle est contente que sa journée de travail soit terminée. Elle ne se sent pas bien aujourd'hui, elle a des troubles digestifs, des maux de tête. Hier, elle a trop bu, elle boit trop en général. Nina le sait, même si elle préfère le nier quand Stefan essaie de lui en parler. Elle boit beaucoup, mais il ne faut pas exagérer non plus, et lui, il le fait toujours, avec sa fixation santé. Selon ses repères à elle, intuitifs plus que mesurables, elle n'est pas vraiment alcoolique. Après tout, elle ne boit que le soir. D'accord, elle le fait tous les soirs, et sans exception depuis plusieurs années. Et oui, elle l'avoue (on ne lui reprochera pas un manque de lucidité), tous les soirs, elle ingurgite un, deux, trois verres de trop. Peu étonnant qu'elle vieillisse trop vite, que sa peau de blonde, déjà si fine et fragile, attrape des rougeurs disgracieuses et se ride, surtout autour des yeux. Elle a beau mettre les crèmes les plus chères, il n'y a rien à faire. Les oies laissent des traces. Non, ce sont carrément des pattes d'éléphant autour du bleu des yeux, un bleu qui se délave à défaut d'illuminations.

Dégoûtée, elle se regarde dans le petit miroir de sa boîte à poudre. Quel manque d'éclat. Est-il possible de devenir autant légume ramolli, patate morne, elle qui était si vivante et pétillante avant son mariage ? Avec un soupir théâtral – décidément, elle commence à attraper les manies de sa mère –, elle range la boîte dans son sac à main. Elle éteint son ordinateur, range les fardes et papiers sur son bureau en faisant une pile et éteint la lampe censée diffuser une lumière douce et chaude pour mettre le patient à l'aise. Nina commence à détester son halo orangeâtre. Elle se demande s'il ne faudrait pas plutôt un bon néon pour dès le départ annoncer la couleur aux patients. Parlez, dévoilez-vous comme vous voulez, mettez-vous à nu, sans pudeur comme vous aimez tant le faire, mais foutez-moi la paix, le plus possible.

En sortant, Nina claque la porte avec énervement. À part se sentir mal et moche, sa journée de travail a été médiocre, comme d'habitude, peut-être devrait-elle aller en supervision. Son engagement professionnel est au plus bas. Elle pose des questions stéréotypées, écoute distraitement, se force à sourire, à mettre en confiance et à répondre de manière encourageante. C'est plutôt elle qui aurait besoin de confiance et d'encouragements. Comment fuir cet ennui qu'elle ressent en permanence, cette insatisfaction qui la ronge et la badigeonne de nuances de gris ? Plus de rebondissement dans sa vie. Le cours de ses jours est une eau fade et plate, c'est pour cela qu'elle boit, du champagne de préférence, que ça pétille un petit peu, qu'elle se grise un minimum de manière légère, agréable. Un peu d'ivresse, nom d'un chien ! Peut-être lui faut-il à nouveau un amant, oui, elle sait, elle revient toujours à la même solution. Secret, séduction et sexe. Se ressentir femme, belle, attirante, intéressante. À défaut de faire quelque chose de palpitant, vivre une passion exaltante. Mais avec qui ? Les amants ne courent pas les rues, plus à son âge. Le dentiste la fuit, il lui semble. Et parmi leurs amis et connaissances ? Rien d'intéressant à signaler. Peut-être une rencontre via Internet ? Tout le monde le fait, paraît-il. Enfin, tout le monde qui cherche. Mais un amant pourrait-il vraiment la sortir de cet immense ennui ? Ne risque-t-il pas de l'enfoncer davantage, surtout si c'est un pauvre type abîmé, pêché dans l'océan virtuel ?

Nina démarre la voiture, se met en route, les gestes las. Elle roule lentement, direction le centre commercial. Heureusement, c'est Stefan qui s'occupe de la petite ce soir. À défaut d'être une femme épanouie, une épouse parfaite, une mère patiente, elle se fera un bon petit shopping et s'offrira une paire de chaussures, un rouge à lèvres et une petite boîte de pralines, des truffes au champagne. Comme une de ces pauvres connes dans les séries télévisées. Même en termes de distraction, elle ne produit aucune originalité.

Dorina

Impossible de rester allongée encore longtemps. Dorina ne tient presque plus. Elle a des fourmis dans tout le corps. Non, pas des fourmis, ce sont carrément des tigres qui veulent déployer leur énergie, ils se cognent aux barreaux, se résignent. Dorina a même commencé à prier pour que son pied guérisse plus vite, pour qu'elle reprenne des forces suffisantes pour faire revenir son bébé, son grand, son petit, son chéri, son amour, son ange, son sucre, son miel, son rire, son bonheur, sa joie, sa sérénité. Cosmin lui manque tellement qu'elle ressent des douleurs qui émanent du cœur jusqu'aux orteils. Et il lui manque d'autant plus qu'elle sent qu'il ne va pas bien. Non, elle ne le sent pas, elle le sait. Même pas besoin d'entendre sa voix au téléphone pour savoir que son petit n'est pas en forme. Il est triste et fatigué, mais pas d'une fatigue après-foot, après-école, après une longue et bonne journée d'enfant. Il doit souffrir d'une fatigue d'autre chose.

Le soir, quand Mihai lui apporte une soupe, elle essaie de lui en parler, mais il fait la sourde oreille. « Mais non, il va bien, il découvre le monde », ronchonne-t-il.

« Quel monde ? Dorina est agacée. En plus, tu n'en sais rien, de ce monde. Il est peut-être froid, trop grand et pas très accueillant. » Elle en est sûre, rien à faire.

« Ne te casse pas toujours ta tête, Dorina. » Mihai lève la voix comme toujours quand il sait qu'elle a raison. Vu que Dorina a bien plus souvent raison que lui, il la lève fréquemment, et avec les années qui passent, elle se casse. Mihai se retourne vers elle, tousse, aboie :

« Ce n'est plus un bébé ! Il va se débrouiller. Et puis il y a sa mère aussi. »

Il ferme les volets avec une once d'agressivité. Dorina ne répond pas. Elle ne veut pas médire de sa fille, mais elle doute qu'Adriana s'occupe convenablement de son trésor, son petit dragon pur sucre. Comme si Mihai savait ce qu'elle pense, il s'assied sur le bord de son lit et lui prend la main, geste rare.

« Tu sais, ma beauté, il ne va pas rester une éternité là-bas. Dès que tu es debout, on va le faire revenir. » Il tousse à nouveau avant d'ajouter, avec une voix plus basse que d'habitude : « S'il le faut, j'irai le chercher moi-même. »

Il y a quelque chose qui se noue dans la gorge de Dorina. Les mots et le regard de son ours de mari trahissent que lui aussi préférerait que le petit soit ici. Elle presse la main rugueuse de cet homme qui l'agace si souvent mais qu'elle aime tout autant. Que d'années de luttes passées ensemble, de chagrins, de douleurs, mais aussi de moments de bonheur. Des petits lampions de joie qui suffisent pour rester dignement en vie. Mais le plus beau lampion est loin. Il est temps que la lumière de ses jours revienne rapidement, pas juste pour elle et pour Mihai, pour Cosmin lui-même aussi. Elle le sent confusément en danger, son petit, et se gronde aussitôt. « Allez, ma vieille, arrête de te prendre la tête avec des angoisses sans fondement », se dit-elle. Mais son cœur émet des signaux d'alarme, rien à faire. « Donne-moi un somnifère », ordonne-t-elle à son mari. Il sort et elle entend ses pas lourds dans l'escalier, le grincement de la porte de la chambre froide, pourtant ce n'est pas là qu'ils gardent les médicaments. Dorina soupire, son mari fait toujours à sa tête. Deux minutes plus tard, il revient avec deux verres de *Țuică*. « C'est bien mieux que les cachets », grommelle-t-il. Elle ne proteste pas. Ils boivent en silence, Micu ronfle, les chats miaulent.

Stefan

Mathilde est étonnamment sage et calme ce soir. Elle ne rechigne pas, termine son assiette sans se faire prier et sans se plaindre, ce qui relève du miracle. Ensuite, elle monte se brosser les dents sans exiger la présence paternelle, ce qui n'est jamais arrivé non plus quand Nina n'est pas là. Stefan pourrait devenir méfiant face à ce comportement inhabituel de sa fille, mais il est trop épuisé de sa journée pour se poser des questions. Il est juste content de ce cadeau inattendu. Normalement ils sont bruyants, ces fins d'après-midi et débuts de soirée que Nina a déclarés « à elle », « sans tablier » ou, avec un sourire narquois et hautement agaçant, « rapprochement père-fille » – comme s'il ne se sentait pas assez proche et attaché à sa fille. Il ne comprend pas pourquoi Nina éprouve tant le besoin de manifester son émancipation, de se montrer forte, autonome et indépendante. Il n'a jamais douté qu'elle l'était. Au contraire, il l'a toujours valorisée. Bien sûr, il gagne beaucoup plus qu'elle, mais son salaire à elle n'est pas négligeable non plus.

L'argent ne joue pas, ne joue plus un rôle clé de toute façon, maintenant qu'il y en a en abondance, assez pour ne plus être angoissé comme ses parents ont pu l'être par moments – avant les vacances, après les vacances, quand la voiture avait un pépin ou la chaudière sautait à nouveau. Cette époque lui paraît loin, désormais, presque irréelle. La peur du trop peu s'est éclipsée à l'échelle de sa carrière professionnelle, une ascension sans faille. Aujourd'hui, Nina et lui ont assez d'argent pour vivre très confortablement, même dans leur vieillesse, même s'il arrêtait de travailler prématurément. Ils peuvent se permettre des luxes, raisonnables certes, on ne change pas de peau, mais de vrais luxes tout de même. Ils n'auraient même pas besoin du salaire de Nina. D'ailleurs, celui-ci est entièrement pour elle, pour ses dépenses personnelles.

Pourquoi donc n'est-elle pas plus satisfaite, plus contente ? On dirait presque, à entendre les petites remarques sarcastiques qu'elle lâche parfois en société, des remarques du genre « Stefan est surtout amoureux du droit », « Sans son boulot, Monsieur déprime » ou « Ah, mais c'est notre jongleur de paragraphes qui assure notre belle survie », qu'elle est jalouse de lui, qu'elle envie son plaisir du travail, son succès professionnel. Pourtant, le succès ne se mesure pas seulement au revenu. Nina n'a jamais eu de problème à acquérir des patients, par exemple. Et ils lui restent fidèles. Son agenda est bien rempli, elle s'en plaint même. Il ne la comprend pas. Peut-être souffre-t-elle de cette fameuse crise de la quarantaine ? Stefan soupire et sourit aussitôt malgré lui : ce genre de réflexions psychologisantes, de ruminations hors boulot n'est normalement pas son genre, qu'est-ce qui lui prend ? Rentre-t-il dans la crise de la quarantaine, lui aussi ? Il se sert un verre d'eau et boit avec un gloussement presque enfantin. Avec un petit frisson, il sent comment l'eau se fraye un chemin de la gorge jusqu'à l'estomac vide. Ça gargouille. Stefan regarde autour de lui. Le crépuscule jette des ombres dans les coins de la cuisine. Cette soirée est vraiment étrange, ce silence si inhabituel. Pas un bruit dans la maison. Il faut qu'il monte voir si Mathilde va vraiment bien. Elle est tellement calme, trop calme. Le début d'une petite fièvre ?

Mathilde est déjà dans son lit. Il y a toute une symphonie de coussins en rose et fleurs autour d'elle. C'est *too much* à son goût, mais si sa fille aime ça... Par contre, en ce moment, elle ne semble pas trop apprécier le décor bonbon. Elle ne bouge pas, sa couette est tirée jusqu'au cou et elle fixe son père. Sa voix habituellement aiguë est presque inaudible. « Papa, il voit tout, le Bon Dieu ? » Son petit visage est crispé, les yeux sont trop inquiets. Stefan déteste la voir ainsi et il déteste aussi les questions sur Dieu. Que répondre ? Il n'en sait strictement rien, de la vision de Dieu. Il ne sait même pas, et n'a surtout pas envie d'y réfléchir, si Dieu existe, oui, non, comment, et s'il veut y croire. Plutôt non, bien que son enfance et sa jeunesse aient été baignées dans le protestantisme ostentatoire de son père, fils de pasteur – une rigidité religieuse transmise de génération en génération. Oui, forcément, il a reçu une éducation chrétienne et il a fait sa confirmation à 14 ans avec sérieux, sans doutes, sans l'ombre d'une incrédulité. Aujourd'hui, il ressent une espèce d'attachement nostalgique à quelques rites et chants quand il va à l'église, une ou deux fois par an, à Noël bien sûr et parfois à Pâques ou pour un mariage, une confirmation, un baptême – tradition oblige parmi les expats bourgeois et fiers comme des coqs d'être classiques. Stefan doit admettre qu'il y a quelque chose de rassurant dans les églises, un déjà-vu réconfortant. Mais à vrai dire, en y réfléchissant deux minutes, il ne croit pas en Dieu. Il ne croit pas, mais il n'est pas athée. Agnostique, c'est le mot qu'il cherche, c'est ça qu'il est. L'expliquer à sa fille ? Ouf, trop compliqué. Et puis il n'a pas envie de la désillusionner. Peut-être que ça lui fait du bien de croire sans hésitation à un Dieu grand et bon, tout-puissant. Pourquoi pose-t-elle alors cette question de manière si anxieuse ? Il faudrait désinscrire Mathilde de son cours de religion. Ces profs de catéchèse sont tous des charlatans. Il va en parler à Nina. Ce soir.

« Papa ? Tu m'écoutes ? Le ton de Mathilde devient grincheux. Il voit tout, le Bon Dieu, oui ou non ? »

« Je pense que oui », dit Stefan avec un geste de main vague. Mais visiblement, ce n'est pas la bonne réponse. Le visage de sa fille trahit émotion et déception. Elle presse sa poupée contre elle. Il ne faut pas qu'elle se mette à pleurer, elle est une spécialiste redoutable dans la production de larmes en toutes circonstances. Stefan tente de sauver l'affaire pour la rassurer. « Mais tu sais, il n'est pas un rapporteur, le Bon Dieu. »

Sans doute Mathilde a-t-elle mangé des sucreries avec Adriana, bien qu'elle sache très bien que ses parents sont contre. Le sucre, c'est si nocif, cancérogène ! Et s'il n'y avait que le sucre ! Non, de plus, dans les friandises industrielles, il y a des tonnes de colorants, d'exhausteurs de goût, d'acidifiants, de conservateurs, bref, tout un cocktail chimique pour rendre les gamins obèses, malades et dépendants. Une petite colère se forme dans le ventre de Stefan, mais il se retient, il ne veut pas gronder sa fille ce soir, elle est si sage et gentille. Il l'embrasse sur le front redevenu plus lisse.

« Tu es sûr, Papa ? » Mathilde sourit presque, caresse sa poupée.

« Mais oui, le Bon Dieu garde toujours tous les secrets pour lui. Il est très fort pour ça. » Stefan a un peu honte de parler ainsi, comme un conteur amateur. Il ne manquerait plus qu'il commence à pérorer sur les anges et les lutins. Mais sa fille a l'air si soulagée et lui donne un bisou si appuyé que les bobards sur le Bon Dieu ont valu la peine.

« Dors bien, ma chérie, à demain. »

« Bonne nuit, Papa. » Stefan éteint la lumière et redescend, soulagé aussi, comme s'il avait réussi un examen difficile. Décidément, il lui semble bien plus facile de défendre la cause de ses clients, même celle des plus corrompus et malhonnêtes, et ils le sont tous, que de mener une vie de famille harmonieuse et de ne pas se prendre les pieds avec les histoires de Mathilde et Nina, ces deux êtres si compliqués avec lesquels il partage sa vie.

Dans un élan de bonne volonté, Stefan décide de faire un peu de zèle pour sa femme en préparant un repas plus consistant, comme Nina les aime, avec graisse et calories, histoire de passer une soirée plus détendue. C'est devenu si rare. Il regarde sa montre : encore une bonne demi-heure avant qu'elle revienne. Après l'inspection du frigo désertique et donc peu encourageant, il décide de commander des sushis. C'est un compromis acceptable entre consistant et sain (bien que… il y a certainement trop de glutamates, mais de temps en temps, c'est tolérable). Les sushis sont pratiques, en plus, il ne faut pas les réchauffer. Satisfait, il attrape son téléphone, passe la commande et met la table à la salle à manger. Il choisit la belle porcelaine, celle du buffet, aux lignes pures et d'une blancheur sans ombre. Avec tendresse, il glisse ses doigts sur la texture presque soyeuse. Oui, il aime les belles choses et regrette souvent que Nina les néglige, les méprise. Si cela ne tenait qu'à elle, ils mangeraient directement dans la casserole ou dans l'emballage plastique. Sans états d'âme. Quelle horreur ! Comme quoi, le bon goût n'est pas seulement fruit d'une socialisation ou d'une éducation, réservé à un milieu argenté, mais quelque chose d'inné. Délicatement, Stefan dépose les verres en cristal sur la table, enlève avec du papier cuisine une poussière imaginaire, les fait briller dans la lumière. C'est sûr : lui, il lui faut de la beauté, de l'esthétique, de quoi réjouir les yeux. L'image de Sujin s'impose, son visage lisse, ses cheveux longs et brillants, son corps svelte et comme sculpté pour la petite robe noire qu'elle portait aujourd'hui, quelle élégance suprême. Stefan soupire. Il se sent soudainement découragé, vaguement déprimé. Il allume la télé pour se changer les idées.

Adriana

Parfois, elle aimerait avoir une mitraillette. Une mitraillette invisible pour abattre discrètement tous ces bœufs dans le bus, tous ces êtres tristes, fatigués et grossiers qui la sardinent et la bousculent. Ils lui marchent sur les pieds et lui donnent la nausée avec leurs odeurs sévères de fin de journée. Elle les flinguerait l'un après l'autre, quelques coups de pied bien placés, et hop, dehors. Et puis elle mettrait le flingue sur la tempe du chauffeur de bus pour qu'il accélère enfin sans s'arrêter toutes les deux minutes. Fonce, espèce d'escargot, au lieu de te laisser coincer dans les bouchons interminables de cette ville désespérante ! Adriana pince les lèvres, serre la main de son fils, qui est encore plus pâle que d'habitude – il frôle carrément la transparence –, et lance des regards furieux à l'espèce de vache qui lui a enfoncé son coude dans les côtes. Sa boule grossit de manière vertigineuse ce soir, il faut qu'elle se contrôle d'urgence. Un, deux, trois, quatre, cinq, six, sept. Un, deux trois, quatre, cinq, six. Un, deux, trois, quatre, cinq. Un, deux, trois – « aie, dit Cosmin, tu me brises les doigts, Maman ! » Il essaie de retirer sa main. Adriana réprime l'envie de le réprimander, lâche la pression et lui glisse : « On sort au prochain arrêt, ce n'est pas possible ici, j'étouffe. » Le petit hoche la tête d'un air abattu, comme un mouton. Ce n'est pas un révolutionnaire. Un gène paternel faible, sans doute. Contrôle-toi, Adriana, s'ordonne-t-elle. Dès que le bus freine, elle tire son fils derrière elle sans douceur. Enfin de l'espace.

L'air frais la calme un peu. Ils marchent vite, mais Cosmin reste obstinément un demi-pas derrière elle. Tant pis pour lui ! Au feu rouge, il finit par se ranger à côté d'elle, la tête baissée, sans piper mot. Tant mieux, elle n'a pas envie de parler non plus. Il pourra parler à sa grand-mère ce soir, si par hasard il a le causant. Adriana bâille, s'étire, son dos lui fait mal. Le feu est rouge, rouge, rouge, d'un rouge interminable. L'avenue est large, à quatre bandes, les voitures filent l'une après l'autre, se dépassent, accélèrent, tout en arrogance bruyante, brillante, puissante, puante, elles lui donnent le vertige. En les suivant du regard, Adriana s'aperçoit une fois de plus qu'il y a trop de bagnoles de luxe à Bruxelles. À eux la priorité du feu.

Et elle : au bord, à la marge, condamnée à l'immobilité, à attendre le vert avec les autres piétons, ces ploucs du trafic, la basse classe, les bernés à pied. Trente secondes de vert foncé pour les piétons contre cinq minutes de vert clair pour les voitures. Aucune justice, nulle part. La boule est très active ce soir. Elle cogne, elle cogne, elle casse aussi, des fissures partout. Un jour, elle va craquer. Non, elle ne doit pas, elle ne va pas craquer, elle ne leur fera pas ce plaisir, elle tient bon. Il le faut. Pour la vengeance. Pour le petit. Pour elle. Le feu devient vert.

Nina

Son taux d'agressivité est clairement trop haut ce soir. Une folle envie de foncer, de fracasser. Nina roule trop vite, elle va encore se choper une contravention. Rien à foutre. Le shopping a été décevant, énervant, désespérant. Avec ces bourrelets expansifs, rien ne lui va. Coincée dans des robes conçues pour des adolescentes anorexiques, elle ressemblait à un saucisson, un salami, un vrai boudin. Un boudin bouffi, ridé, et avec le moral à zéro. Elle n'a rien acheté. Foutu, tout est foutu ! Même dépenser de l'argent ne lui fait plus plaisir. Mauvaise idée aussi d'avoir bu des bulles dans ce petit bistro du centre commercial. Boire des bulles en tant que boudin ne fait pas du bien. Oups, un feu rouge, Nina freine brusquement, la voiture dérape un brin, elle rit. « Pauvre folle, se dit-elle à haute voix, pauvre folle. » En attendant que le feu devienne vert, elle arrache l'emballage de la boîte de pralines, se fourre deux truffes à la fois dans la bouche. Il faut qu'elle dessoûle avant de rentrer à la maison. Hop, encore deux truffes. « Il faut surtout que je change d'haleine pour que la truffe redoutable de Stefan ne détecte pas l'odeur de champagne. » Nina ricane sur sa propre blague et démarre à moteur hurlant, comme ces petits Arabes qui font les malins dans leurs BMW ou Audi volées. « Nina ! se gronde-t-elle, Nina, Nina, ne sois pas raciste. » Elle change de vitesse, jette ses cheveux en arrière. « Je ne suis pas raciste, mais je ne suis pas dupe, c'est tout », râle-t-elle à mi-voix, et elle se regarde deux secondes dans le rétroviseur, l'air sévère, avant de se juger : « Une pauvre folle qui se parle à elle-même. » Un fou rire la fait trembler, sa main autour du volant frémit, mais la voiture tient quand même la route. « Sage voiture, sage, sage voiture tu es. » Nina prend un tournant sans freiner, tout se passe bien. Allez, deux truffes supplémentaires pour fêter cette sage voiture qui la conduit à la maison, sans accident.

Ouf, c'est quoi ce regard sévère de Monsieur l'époux ? « Eh oh, tu n'es pas mon père, inutile de me passer un savon », lance-t-elle à Stefan. Il la toise sans dire un mot, avec cette ride verticale sur le front qui trace un fossé profond entre nez et sourcils. De la fenêtre de la cuisine, il a dû observer sa manière très approximative de se garer et son léger trébuchement devant la porte d'entrée. « Épargne-moi ta leçon de morale, si tu veux bien. » Nina jette son sac sur une chaise, retire ses chaussures à talon qui lui meurtrissent les doigts de pied, fonce vers les toilettes, claque la porte derrière elle, tourne la clé et expire. Quelle bonne invention, les toilettes ! Dire que lors de son grand voyage en Afrique et en Amérique latine, dans sa glorieuse jeunesse, il y a longtemps, si longtemps, trop longtemps, souvenirs flous mais de plus en plus chers, elle se contentait d'un trou noir dans une arrière-cour. C'était pénible ! Quoique… Nina sourit, se dit que si, ça avait du charme aussi, un charme sauvage, brut, simple. Elle regarde autour d'elle, inspecte le carrelage en pierre bleue, le lavabo d'un designer italien, le porte-serviettes brillant comme si elle voyait cette petite pièce utilitaire pour la première fois. Elle ne sourit plus. Ici, tout est peut-être chic, pratique et luxueux, mais en même temps morne, morose et mortifère. Nina se presse la main sur le ventre. Elle a envie de vomir son dégoût, son ennui, son mal-être. Il faut qu'elle se reprenne en main, sinon son mari lui fera une scène. Il le fait très rarement, mais quand il s'y met, il atteint le championnat. Elle se lève du siège de la toilette, met un peu d'eau froide sur ses tempes et dans sa nuque. Avec un bout de papier, elle enlève les traces cacaotées sur son menton et nettoie le mascara qui a coulé sous l'œil droit – la voilà prête à affronter le grand inquisiteur pour une soirée *fuck and fun* garantis. Elle, vulgaire ? Et alors ? Elle l'assume, elle a bien le droit de l'être ! Et hop, on reclaque la porte en sortant des toilettes.

« Tu viens dîner ? » Stefan a une voix contrôlée. Son intonation est presque aimable. Tant mieux, cela veut dire qu'il ne veut pas de dispute ce soir. Nina non plus, d'ailleurs. Ses paupières sont lourdes, ses pensées lentes, sans contours. Elle n'aura pas la force pour un échange verbal assaisonné à sa sauce ce soir. Alors elle se redresse, se compose un visage souriant et entre d'un pas qui se veut dynamique et assuré dans la cuisine. Taisons-nous et mangeons ! Elle se sent affamée malgré les truffes. Mais c'est quoi, ça ? Il n'y a rien sur la table, pas une casserole sur la plaque, aucun plat dans le four. Sa colère monte rapidement, mais elle aussi peut se contrôler. « On mange quoi, chéri ? » Sa voix chante, c'est une de ses spécialités en cas de fureur. « Tu n'as rien prévu ? »

« Si. J'ai commandé des sushis. J'ai mis la table à la salle à manger. » La ride qui donne à son mari un air si sévère n'a pas tout à fait disparu. Il ouvre le frigo, sort une bouteille de vin blanc et une cruche d'eau. Nina s'abstient de remarquer qu'elle n'aime pas trop les sushis, ces espèces de petites portions pâteuses qui restent coincées au palais malgré la sauce soja. Elle ne relève pas non plus qu'elle préfère manger rapidement et sans chichis à la cuisine quand elle rentre plus tard, surtout s'ils ne sont qu'à deux. Le côté cérémonieux de son mari l'agace de plus en plus : pourquoi faire compliqué si on peut faire simple ?

« Allons-y, elle sourit artificiellement et se dirige vers la salle à manger. Ouf, il fait froid ici. » Elle frissonne de manière démonstrative. « Je vais chercher ma veste en laine ! » Si au moins il faisait un feu de cheminée, elle serait prête à se réchauffer. Mais manger des sushis dans cette porcelaine prétentieuse tout en étant frigorifiée n'augmente ni sa température ni son humeur.

« Comment s'est passée ta journée ? » Ton neutre, distribution de sushis, méticuleusement, proprement, dans un alignement droit. Un sushi avec saumon pour elle, un avec saumon pour lui. Un avec thon rouge pour elle, un avec thon rouge pour lui. Une portion de gingembre collant pour elle, une pour lui. Justice et discipline, 24 heures sur 24.

« Ça va. Rien de spécial. » Ton chantant. « Et chez toi ? » Elle baigne ses sushis dans la sauce soja et déballe les baguettes, bien qu'elle soit incapable de manger avec ces engins. Il faut bien se divertir un minimum.

« Ça a été. La course. Beaucoup de boulot. »

Nina hoche la tête, coince les baguettes entre ses doigts et puis un sushi entre les baguettes. Il retombe sur l'assiette. Bien sûr. Beaucoup de boulot. Plein de boulot. Trop de boulot. Boulotboulotboulot. Stefan n'a encore jamais dû raconter un soir qu'il n'avait pas eu beaucoup de travail, que c'était une journée tranquille, voire paresseuse, juste bonne à boire du café et à rêvasser. C'est si lassant, cette monotonie, cette prévisibilité, cet acharnement aussi. Le sushi a enfin atterri dans la bouche de Nina, mais maintenant il lui colle au palais. Elle rince avec du vin, s'attaque au deuxième sushi.

« Comment allait Mathilde ? » Elle parle la bouche pleine.

Stefan mâche lentement, avale, boit de l'eau, se sert de sa serviette. Non, lui il ne parlerait jamais la bouche pleine.

« Ça allait. Elle était très calme ce soir. »

« Calme ? » Ça a de quoi étonner Nina.

« Oui, calme. Sage. Pas de pleurs, pas de cris. »

Nina frôle son mari du regard. Non, il n'a pas l'air de se moquer d'elle, il paraît étonné lui-même. Nina baisse la tête et enfonce une baguette tout droit dans le dernier sushi, il meurt sur le coup, incapable de s'enfuir. Elle l'emprisonne entre ses dents, mord et réfléchit : étrange, ce comportement de sa fille. Agaçant aussi. Vraiment énervant. Pourquoi Mathilde est-elle si sage avec son père tandis qu'elle, sa mère, a toujours droit à des scènes, des crises, des entêtements et des pleurs ? La colère de Nina remonte avec force, cette fois-ci dirigée contre sa fille. Non, après le dîner elle n'ira pas dans sa chambre lui donner un bisou. Elle n'a qu'à se contenter des bisous de son papa, même s'il ne la couche que deux soirs sur sept. Nina se ressert du vin en ignorant le regard désapprobateur de Stefan. Ils terminent le repas sans se parler davantage, puis débarrassent la table, lui avec des gestes las, elle avec des mouvements brusques, imprécis.

« Bonne nuit, je monte me coucher. » Dès que Stefan a rangé la cuisine, il veut se casser. Quel mec ennuyeux ! Nina venait juste de mettre de la musique, un bon Smashing Pumpkins pour mettre enfin un peu d'ambiance. Elle a envie de danser, de s'éclater. Il n'est que vingt et une heures, bon sang ! Est-ce une heure pour aller se coucher ? « Pas de rock'n'roll ce soir ? » Elle lui jette un regard pétillant, provocant, rigole avec exagération, comme une adolescente exaltée. Il lui fait une petite grimace, la caricature d'un sourire, se retourne vers la porte. « Non merci. J'ai envie de lire. Au calme. » Son ton est froid comme sa maison. Il ferme la porte sans bruit. Elle augmente le son, tente quelques mouvements de danse et trébuche. « Tu es grotesque, ma vieille, crie-t-elle contre le rythme. Grotesque ! » D'un geste brusque, elle éteint la chaîne hi-fi, attrape son verre et se réfugie dans son bureau, son royaume à elle. « Je vais dormir ici ce soir, murmure-t-elle en allumant le lampadaire rose. Oui, je vais dormir dans mon crapaud, lui au moins il est accueillant, pas comme l'autre crapaud là-haut. »

Avec difficulté, elle ouvre sa ceinture et se défait de son pantalon trop serré. Elle sort une vieille couverture en laine de l'armoire, se laisse tomber dans le fauteuil et essaie de trouver une position confortable. Sa tête tourne. Ses pieds sont glacés. Elle a envie de pleurer. Elle se sent seule, mal aimée et abandonnée. Il lui faut son gri-gri, son œil de tigre en guise de doudou. D'un pas mal assuré, elle se relève, s'approche de son secrétaire et ouvre le tiroir. Ah, voilà la petite boîte. Mais… stupéfaction ! Elle est vide. Vide ? Si, la boîte est vide. Vide ! Son porte-bonheur n'est plus là. Nina voit rouge, rouge foncé. Qui a pu lui voler cette pierre, qui ? Mathilde ? Non, elle n'oserait pas. Sa fille sait qu'il lui est strictement interdit d'entrer dans cette pièce. Stefan n'entre jamais ici, risque de choc allergique. Adriana ? Non, elle est honnête, et pourquoi s'intéresserait-elle à une pierre sans grande valeur ? Nina fronce les sourcils, ses mains tremblent, son cerveau bouillonne. Qui donc a volé son talisman ? Qui ? Ah, mais peut-être Adriana est-elle à nouveau venue avec son fils ? Il avait l'air sournois, ce garçon, pas très net, en tout cas, avec son regard fuyant. Oui, ça doit être lui ! Il n'y a pas d'autre solution. Quel sale gamin ! Ce n'est pas par hasard qu'elle n'était pas contente qu'Adriana l'amène sans lui demander la permission. Elle a pressenti que ça allait mal se terminer, elle n'est pas psychologue pour rien ! Il faut qu'elle parle à Adriana, tout de suite. Mais d'abord, il lui faut une aspirine, non deux. Son crâne explose.

Gaston

Adriana n'a pas appelé aujourd'hui. Elle n'a pas décroché non plus quand il a voulu la joindre pour l'inviter à dîner avec son fils. Gaston se sent fatigué ce soir. Fatigué de lui offrir son amour sans qu'elle s'en serve convenablement. Qu'elle ne soit pas capable d'en donner beaucoup, soit. Il le sait, il l'assume, il se l'explique par son passé, il essaie de comprendre et il accepte. Mais pourquoi refuse-t-elle si souvent son amour à lui, ses gestes, ses attentions, sa bienveillance ? Elle passe une période difficile avec la nouvelle responsabilité de Cosmin – un garçon adorable par ailleurs, Gaston l'adopterait sans hésitation –, pourquoi alors ne se repose-t-elle pas plus sur lui ? Il est un homme fort, il se sent bien, en général, et équilibré, il l'aime, pourquoi ne pas être simple et s'en servir, se laisser épauler et se permettre de se relâcher ? Gaston ne comprend pas. Mais après une journée de travail plutôt éprouvante, il ne veut plus se casser la tête. Il se l'est déjà assez cassée au bureau : les donations reculent, les budgets se resserrent, et Stéphanie, la collègue responsable des projets au Liban, en Jordanie et en Syrie, ne cesse de réclamer une part des moyens prévus pour des projets dans ses pays à lui. C'est compréhensible, mais il ne supporte que difficilement son visage de martyre et son regard accusateur – comme si Stéphanie vivait elle-même sous les bombes d'Alep, et que lui, il lui ôtait le pain de la bouche pour distribuer des bonbons gratuits aux riches d'Amérique latine. Presque ridicule, leur discussion aujourd'hui, quand chacun revendiquait pour « son pays » la plus grande part de malheur et donc de budget. Et leur chef, si imbu de sa personne qu'il fonctionne au ralenti, était une fois de plus incapable de trancher.

Stop, Gaston ! Avec force, il repousse ses considérations négatives, il faut terminer la journée en beauté, profiter des heures douces de la soirée. Gaston se dirige vers sa chaîne hi-fi. *I'm your man* de Leonard Cohen emplit la pièce avec puissance. Oh, quelle chanson ! À écouter toute la soirée en boucle, en espérant que le message parvienne à Adriana. Avec un verre de vin et quelques cacahuètes, Gaston s'installe sur son sofa, chantonne et regarde autour de lui, satisfait. La lumière est agréable dans son appartement, objets et plantes s'accordent harmonieusement et lui tiennent bonne compagnie. *My home is my castle*, qu'est-ce qu'il se sent bien ici, c'est son royaume de paix, de sérénité. Cosmin lui revient à l'esprit, ses yeux pétillants quand il regardait les animaux en bois, les décors du monde entier. Un garçon éveillé, poli en plus, dynamique et espiègle, avec un petit humour qui plaît bien à Gaston et qui l'a débarrassé de toute jalousie mal placée. S'il était Adriana, il ne se séparerait plus de ce gamin. Il ne le renverrait pas en Roumanie, au contraire, il profiterait de chaque moment libre pour le voir grandir et découvrir le monde avec lui. Les enfants ont un autre regard, bien plus intéressant que celui des adultes : ils voient sans a priori, d'un autre angle, avec des yeux nouveaux et une sensibilité particulière. Bien entendu, tous les enfants ne sont pas ainsi, mais Cosmin certainement. Adriana ne se rend pas compte de la chance qu'elle a d'avoir un fils pareil. Que c'est un bonheur, un cadeau aussi. Il ne la comprend pas, une fois de plus. Il ne parvient pas à se mettre à sa place, il connaît trop peu d'elle. Étrange Adriana. Et la revoilà, la colonisatrice de son esprit et de son cœur. Pas moyen de lui échapper en pensées. Gaston sourit avec indulgence et tendresse, le vin fait son effet.

Cosmin

Le coussin ne sent pas bon, il dégage une odeur de moisi, d'humide, de cave. Pourtant, l'appartement est au quatrième étage. Le coussin pue, et Cosmin n'a pas envie d'y poser son visage. Alors il se tourne sur le dos, les yeux rivés au plafond gris. Chez lui, en Roumanie, son coussin sent la lavande. Bunică aime beaucoup l'huile de lavande. Une goutte sur l'oreiller, une sur la couette, une sur le couvre-lit, une sur son plus vieux nounours. La lavande tue les poux, dit-elle. Et en plus, elle donne de beaux rêves. Là-bas, il fait presque chaque nuit de beaux rêves. Ici non. Les cauchemars le hantent. Une nuit sur deux, il rate le bus, se perd dans les rues, est poursuivi par des ombres sans qu'il puisse fuir. Ses pieds collent au sol dans une espèce de caoutchouc gluant. Alors il se réveille. Son cœur bat très fort, sa mâchoire fait mal. Souvent, il a envie de boire ou d'aller à la toilette, mais il n'ose pas bouger par peur de réveiller Maman. Ces nounours plantés partout n'arrangent rien. Leurs visages sont sans vie, les chiffres du réveil matin miroitent dans leurs yeux de verre, on dirait des zombies. Micu lui manque terriblement, Micu et son ronflement, Micu et sa chaleur, Micu et sa truffe humide, Micu et ses yeux doux. Les chats aussi lui manquent, oui, même eux, Milo, le gros paresseux, et Lola, le petit dangereux. Cosmin sourit malgré lui. Oui, Lola est redoutable, elle vient, se colle, veut une caresse, la reçoit, et hop, une attaque en retour. Sale petite bête avec des griffes de tigre. Mais mieux vaut un petit tigre imprévisible qu'un coussin qui ne sent pas bon.

Cosmin se retourne et s'étire. Il a envie de courir vite et loin, de jouer au foot jusqu'à l'épuisement, des heures et des heures et puis de rentrer chez Bunică, sa Bunică qui le gronde, le caresse, lui prépare une tartine et lui verse un verre de lait. Il a envie d'être dans ses bras. Ils sont bons et ronds, mous et forts en même temps. Rien ne peut lui arriver quand il est dans les bras de Bunică. Il aurait dû se casser le pied aussi ou tomber malade d'une autre manière, pour ne pas être obligé de partir en Belgique. Il aurait eu un matelas à côté du lit de Bunică, elle lui aurait raconté des histoires, et ils auraient ri ensemble sur les mélanges étranges que Bunic fabriquait en cuisine pour les nourrir. Il aurait dû y penser plus tôt au lieu de se laisser embobiner par l'idée de prendre un avion, de faire un voyage, de découvrir un autre pays. Trop tard, il s'est fait piéger. Le voilà ici, coincé en Belgique, loin de tout ce qu'il aime. Cosmin se retourne encore et cale son coussin sous sa nuque. Il faut surtout éviter d'y mettre son nez, l'odeur du moisi lui donne la nausée.

Il entend les voix des voisins à travers le mur, ça se dispute encore, chaque soir le même concert. Cosmin ne comprend pas un mot, mais les aboiements de l'homme et les cris de la femme n'ont pas besoin de traduction. Pourquoi n'arrivent-ils pas à se réconcilier ? Peut-être cette maison est-elle hantée ? Un mauvais esprit fait qu'on n'arrive pas à s'endormir, que les gens crient, que les couloirs puent, que Maman ne sourit presque jamais. Qui sait, peut-être toutes les maisons de Bruxelles sont-elles hantées. Celle où Maman travaille est bizarre aussi. Oui, d'accord, elle est grande et belle, mais un peu comme une église ou un musée où l'on ne peut rien toucher. Elle est froide aussi, un frigidaire géant, Cosmin en a des frissons. En Roumanie, il n'est jamais frileux. La petite fille est étrange aussi. Elle a des yeux affamés, pourtant elle ne termine jamais son assiette. On dirait que même ses mains ont faim. Elles chipotent, cherchent, touchent à tout. Ses petits doigts blancs examinent, retournent, fouinent.

Drôle de fille. Cosmin pense avec malaise à ce matin, quand Mathilde avait pris sa main avec une force étonnante, pour le tirer dans une petite pièce au rez-de-chaussée. « Allez, viens avec moi ! Vite ! », avait-elle chuchoté avant de le pousser à l'intérieur et de fermer rapidement la porte derrière eux, sans faire de bruit. Cosmin avait bien senti que la fille n'avait pas le droit, normalement, d'entrer dans cette pièce, une pièce assez agréable d'ailleurs, plus chaleureuse que les autres, avec des rideaux lourds, un gros tapis et des vieux meubles. Comme une voleuse, Mathilde avait profité que Maman était montée faire les lits pour l'entraîner et y entrer. Avec ses yeux affamés, elle avait glissé son regard partout, avant d'aller tout droit vers ce gros bureau plein de tiroirs et de les ouvrir un par un pour y glisser ses doigts avides. Vaguement gêné, mal à l'aise, Cosmin avait préféré se retourner et admirer le bateau miniature, en bois, avec de petites voiles, qui était posé sur une étagère. C'était une caraque *Santa Maria*, comme celle de Christophe Colomb qu'il a vue dans son livre d'histoire. Il n'avait pas osé toucher cette petite merveille. Pourtant, il adore les bateaux. Il s'est bricolé toute une collection chez lui en Roumanie. Même Bunic a admiré sa dernière fabrication, un navire en bois de chaux.

Un jour, quand il sera grand, il fera un voyage en mer, il emmènera Bunică et Bunic, Micu et Sandu, Milo et Lola, Agneta aussi si elle veut venir avec eux malgré son grand âge. Ils partiront loin, vers le soleil, vers l'Afrique, avant de retourner tranquillement en Roumanie, chez eux, dans le plus beau village du monde, dans la plus jolie maison de la planète, dans la chambre la plus tranquille de l'univers. Avec un sourire sur les lèvres, Cosmin se détend enfin et glisse dans le sommeil.

Adriana

Elle ne parvient pas à se décider à aller se coucher et s'allonger à côté de son fils. Elle est crevée, exténuée, mais elle sait qu'elle serait incapable de s'endormir après ce coup de fil détestable. La voix de la conne résonne en elle, bruyamment, comme un air d'orchestre militaire survolté, et l'empêche de se calmer. « Votre fils a pris une pierre dans mon secrétaire ! Une pierre d'une grande valeur sentimentale… » Madame la psychologue avait une voix contrôlée, limite mielleuse, ce qui la rendait d'autant plus tranchante, accusatrice, agressive. « Désolée, mais ça ne va pas ! » Point d'exclamation auditif suivi d'une pause mélodramatique, lourde, pénible. « J'exige qu'il la rende tout de suite. Et il faut qu'on parle. Qu'on rétablisse la confiance. Elle en a pris un coup, aussi contre vous, pourtant je sais que vous êtes honnête. Mais votre fils doit l'apprendre aussi. On ne se sert pas chez les autres. On ne rentre pas partout. On ne fouille pas dans les affaires de ses hôtes. »

Adriana avait laissé déferler le flot des mots, abasourdie. Quel secrétaire ? Quelle pierre ? Quand, aujourd'hui ? Perturbée, elle n'avait rien su répliquer, juste un faible « d'accord, à demain ». C'était il y a une heure. Depuis lors, elle reste collée, lourde et comme paralysée, dans le canapé défoncé. Sa stupéfaction se transforme en agacement croissant, sa fatigue en agression, la boule de billard en ballon de basket. Adriana a une furieuse envie de faire exploser des bombes un peu partout et surtout dans la tronche de Madame. Parce que non, elle ne peut pas croire que Cosmin ait volé cette stupide pierre sans aucun intérêt. Le petit n'est pas capable de voler. Non seulement il n'en est pas capable, mais il ne serait jamais rentré sans permission dans le bureau de la conne. C'est la grenouille qui a dû l'entraîner, cette sale petite garce.

Adriana parvient enfin à bouger, elle se lève, se sert un verre d'eau au robinet et fait le tour du salon, en boucle. La boule cogne, la colère monte, le besoin de hurler, de fracasser et de frapper croît avec chaque pas, avec chaque tour. Elle se fait presque peur, parce qu'elle se rend compte de son manque d'envie de se reprendre en main. Non, elle n'a plus la moindre ambition de se calmer, de se contrôler. Elle donne un coup de pied dans le fauteuil et flanque son nounours préféré dans un coin. La douceur de son pelage ne l'aide pas à faire retomber cette fièvre en elle, cette explosion de haine qui se propage dans tout son corps. Avec véhémence, elle ouvre la fenêtre, respire l'air froid et humide, ça n'aide pas non plus. Elle referme la fenêtre en la claquant, presque déçue que le verre ne se brise pas. « Merde, merde, merde, putain fait chier », elle crie presque et éructe des gros mots en roumain et en français, mais ça ne la soulage pas. « Et merde et merde et merde ! » Comment se calmer, rattraper la boule, l'emprisonner ? Il va bien falloir qu'elle trouve un moyen pour que le sang refroidisse, que sa nuque s'assouplisse, que la violence sorte. Les mots ne suffisent pas.

Adriana se dirige vers la chambre à coucher et ouvre la porte avec brutalité. La lumière néon du lampadaire de la chaussée filtre à travers les rideaux bas de gamme. Elle lui permet de voir les contours de son fils, recroquevillé dans une position fœtale tout au bout de son côté du canapé-lit. D'avance, il lui tourne le dos, s'éloigne d'elle le plus possible, comme toujours. Pourquoi il la fuit, même la nuit ? Pourquoi évite-t-il chaque contact physique avec elle, chaque rapprochement ? Même son regard est fuyant, c'est un regard de chien battu, il n'y a plus aucun pétillement depuis qu'il a quitté la Roumanie, plus aucune espièglerie. Qu'est-ce qu'elle déteste ce nouveau regard ! Adriana s'avance vers son fils. En l'espace de quelques secondes, elle est traversée par un mélange de sentiments qu'elle ne parvient pas à mettre en mots. Ils oscillent entre pitié, impuissance et remords et font mauvais ménage avec cette rage excessive qui la possède. La pièce tangue devant ses yeux. Elle s'approche de son fils, agrippe son épaule, la secoue sans ménagement, de plus en plus violemment. Qu'il lui rende des comptes, ce petit salaud ! « Aïe », Cosmin a ouvert les yeux. Ils paraissent énormes, reflètent d'abord l'incompréhension, puis l'appréhension et ensuite une espèce de répulsion. « Aïe, Maman, arrête ! Qu'est-ce que tu fais, qu'est-ce qu'il y a ? » Sa voix est rauque, son articulation ensommeillée, il tente de se relever et d'échapper à la poigne de sa mère.

« T'as pris la pierre ? » Adriana hurle, elle qui déteste hurler. Mais là, ça lui fait du bien. Elle hurle plus fort : « Allez, avoue-le ! » Tout en le repoussant vers le lit, elle lâche l'épaule de son fils. Cosmin tombe sur son coussin, mais comme un ressort en spirale son petit buste maigre se relève. « Quelle pierre ? » Il la regarde avec incompréhension, presque hébété.

« La pierre de l'autre connasse ! » Le visage perplexe de son fils fait baisser la voix d'Adriana, mais le son est tout aussi coupant : « M'enfin, celle qui était dans son bureau, dans son secrétaire. Ne joue pas à l'innocent ! » Dans les yeux de son fils s'infiltre un petit trouble, il les détourne, mais Adriana l'a quand même noté, et ça l'enrage davantage. Elle attrape à nouveau ses épaules, le secoue violemment.

« Donne-la-moi im-mé-diate-ment, espèce de petite crapule ! » Cosmin se tortille, essaie de repousser les mains de sa mère qui le serrent trop fort, en vain.

« Mais quelle pierre ? Aïe, lâche-moi ! » Mais Adriana n'est pas prête à lâcher ce petit con, elle renforce même son emprise.

« Tu le sais très bien. Où est-elle ?! Tu vas répondre, oui ? » Elle le gifle. Des larmes jaillissent des yeux de son fils.

« Je n'ai pris aucune pierre ! Il crie aussi fort qu'il peut. Je n'ai rien pris du tout et je veux rentrer en Roumanie. » Il sanglote à présent, son visage brûle.

Adriana se sent vaguement coupable, mais elle n'a aucune envie de ce sentiment, non, elle ne veut pas avoir tort, pas de fumée sans feu, et si ce n'est pas lui qui a pris la pierre, alors il était au moins de mèche avec la petite grenouille, bref : coupable quand même. « Tu te tais, maintenant ! » Adriana a baissé sa voix, mais celle-ci se fait d'autant plus menaçante. « Tu te tais, et tu vas réfléchir à où tu as mis cette pierre. Demain matin tu me le diras, tu me la donneras et puis tu t'excuseras chez Madame. » Ses yeux sont de glace, sa bouche n'est plus qu'une ligne fine. « Dors maintenant, je ne veux plus t'entendre. » Elle le repousse vers le coussin, se lève et quitte la pièce. Non, elle ne veut, elle ne peut pas s'allonger à côté de son fils maintenant, et elle refuse de chercher à comprendre pourquoi. Qu'on lui foute la paix ! Lui, elle, ils, tous !

Stefan

A-t-elle vraiment osé le réveiller pour ça ? Pour une pierre sans valeur, égarée dans son secrétaire ? Pour une pierre perdue dans cette pièce poussiéreuse, sombre et si surchargée qu'il n'arrive pas à s'imaginer que quelqu'un puisse y entrer volontairement et encore moins s'y attarder ? Quel délire ! D'abord, Stefan n'a même pas compris la nature du drame. Coincé dans un espace inconfortable entre un rêve feutré avorté et la réalité bruyante, il s'est frotté les yeux pour promouvoir un minimum de perspicacité. Il a soupiré et relevé d'abord la tête, puis le buste, quelle lourdeur, ensuite il s'est assis dans son lit en essayant de laisser couler le flot de paroles de sa femme sans se noyer. Avec une lenteur presque stoïque, il a allumé la petite lampe à côté du lit et réajusté sa couverture. Enfin, il a regardé Nina et s'est efforcé de capter ce qu'elle disait, de se concentrer sur l'incroyable, l'effroyable drame.

C'est grotesque. Une pierre perdue… Le visage de sa femme est écarlate, sa voix criarde, ses yeux sont rétrécis – elle lui fait presque peur, on dirait une hystérique. Il faut qu'elle se calme et qu'elle énonce clairement son problème. Ce n'est quand même pas une simple pierre qui peut être à l'origine d'un état mental et physique pareil. Sauf si l'alcool lui joue un tour. On ne sait jamais, peut-être agit-il en amplificateur, déformant la réalité comme il sait si bien le faire. Quoi qu'il en soit, il faut qu'elle se calme d'abord, qu'elle reprenne ses esprits, et qu'elle le laisse dormir ensuite, il a besoin de son sommeil.

« Tu as vraiment regardé partout ? demande-t-il avec un ton de bon oncle, un peu trop posé pour faire naturel. Tu es vraiment sûre que cette pierre a disparu ? »

« Non, mais écoute-moi quand je te parle ! » Nina reste dans les aigus et oublie même de chanter, pourtant elle adore chantonner quand elle lui fait des reproches.

« Je t'ai déjà répété dix fois que je sais exactement où elle se trouvait et elle n'y est plus. Point à la ligne. » Elle postillonne, ça le dégoûte. « Je sais quand même où je mets mes affaires ! »

« Mais elle n'a aucune valeur, cette pierre, pourquoi en faire alors tout un foin ? »

Stefan commence à en avoir marre de cette charade.

« M'enfin, ce n'est pas la valeur matérielle qui compte ! Mais ça, évidemment, tu ne peux pas comprendre ! » Ça y est, Nina chante, qu'est-ce qu'il déteste cette mélodie hypocrite ! Il ne veut pas se laisser provoquer, mais sa voix devient plus froide, plus basse, un rien agressive. « Non, c'est vrai, je ne suis pas capable de comprendre… » Prêt pour la contre-attaque, il adopte son ton de juriste offusqué : « Mais qu'est-ce que tu en sais, d'abord, que c'est vraiment le gamin d'Adriana qui l'a prise ? Tu l'as vu entrer dans cette chambre, tu l'as vu la prendre ? Peut-être que c'est toi qui l'as perdue dans ce foutoir. Ou c'est Mathilde qui l'a piquée. Tu lui as demandé si ce n'était pas elle, avant de lyncher ce pauvre gamin ? »

Nina le regarde comme si elle voulait l'égorger sur-le-champ. Elle postillonne à nouveau et pointe le doigt sur lui.

« Attention ! Je ne te permets pas ! »

« Quoi donc ? De mettre en doute tes qualités de détective privé ? De t'empêcher de trouver un coupable pour une pierre perdue de rien de tout ? Tu veux le pendre, le petit, c'est ça ? C'est lui le grand voleur dangereux d'une bande roumaine mafieuse ? »

Stefan émet un petit rire sarcastique et attrape la bouteille d'eau minérale sur sa table de nuit avant de continuer d'un ton plus moqueur. « Serais-tu peut-être une gauchiste de salon, une humaniste de pacotille ? Ah mais non, c'est vrai, c'est moi le salaud matérialiste. Bien sûr ! » Il boit de la bouteille, l'eau est fade.

Nina est en mode opéra à présent, la Callas du venimeux, un supplice pour les oreilles : « Tu n'as rien compris, Monsieur le juriste, rien du tout ! Bien sûr que c'est lui qui a piqué cette pierre, c'est logique. » Elle pointe son index sur son mari. « Et c'est pour son bien, uniquement pour son bien qu'il faut l'empêcher de récidiver. Mais le bien des autres, évidemment, il ne t'a jamais intéressé. » Elle ouvre la porte, pirouette, sort et claque si fort la porte derrière elle que la lampe de chevet vibre sur la table de nuit. Quelle folle !

Excédé, Stefan se masse les tempes, le front, s'ébouriffe les cheveux. Il en a marre de sa femme. Il n'en peut plus, il ne la supporte plus. Si elle continue ainsi, il faudra peut-être commencer à prendre la séparation en considération. Vivre enfin en paix ! Au calme. Sans se faire agresser chaque jour. Sans se taper des crises hystériques en série. Il n'en veut plus, de tout ça ! Avec une grimace – les maux de dos se sont accentués depuis quelques semaines –, il se lève du lit, enfile ses pantoufles et se traîne à la salle de bain pour se rafraîchir le visage. La glace reflète des yeux cernés, un teint gris, des joues creuses. Pendant quelques secondes, Stefan perçoit son crâne en tête de mort, ça a de quoi lui faire peur. La bouffée d'angoisse se transforme en colère. Si Mathilde n'était pas là, à l'étage, dormant paisiblement en rose et en fleurs, il partirait passer la nuit autre part, dans la voiture, à l'hôtel, peu importe, juste pour donner une leçon à Nina. Elle se croit tout permis – se saouler, râler, le réveiller, crier, soupçonner, accuser, vexer, claquer les portes et il en passe. Ras-le-bol. Mais il s'en veut à lui aussi. Sans doute qu'il n'a pas su mettre des limites à temps, il n'a pas su se faire respecter. Il se sent dégoûté par lui-même, las, profondément fatigué, déprimé. Avec des gestes lents, il essuie son visage, raccroche la serviette, éteint la lumière, quitte la salle de bain et retourne au lit. Il espère que Nina ne viendra pas dormir à côté de lui cette nuit.

Mihai

Dorina dort, la belle. Enfin. Heureusement. Ça lui fera du bien. Elle est trop nerveuse. Les nuits sont agitées. Mais ce soir, exceptionnellement, son visage est calme. Elle dort sans bouger. Il veut faire pareil. C'est difficile. Il ne peut pas dormir. Son ventre lui fait mal. Il ne tient plus. Lentement, sans faire de bruit, il se lève. C'est difficile aussi. Son dos lui joue de mauvais tours. Ses jambes sont lourdes. Il tente de descendre sur la pointe de pieds. Le bois craque. La porte de la chambre froide grince. Lui aussi il craque, il grince. De la rouille partout. Dedans, dehors. Des fissures. Des courbatures. Et puis ce poids sur l'estomac. Il lui coupe le souffle. Ses mains tremblent. Les goûtes s'échappent. Le verre est trop plein. Il boit. Mais la *Țuică* ne l'aide pas. Pourtant, elle l'aide toujours, d'habitude. Presque toujours. Quand elle n'aide pas, c'est pour de bonnes raisons. Disons plutôt pour de vraies raisons. Celles qui sont à l'origine de dégâts profonds, de douleurs lancinantes qu'on ne peut pas noyer vite fait bien fait.

Mihai se rappelle trop bien des fois où la *Țuică* n'a pas eu d'effet : à la mort de sa mère. À la mort de son frère. Lors de la perte de ses terres, le vol étatique. Après le viol de sa fille. Au cours de son long silence après son premier départ pour la Belgique. Un verre, deux verres, trois verres, quatre verres, voire la bouteille entière : aucun effet. La *Țuică* ne réagissait pas. Comme ce soir. Il a beau se resservir, faire tourner le liquide dans sa bouche, sentir comment il coule au fond de sa gorge, attendre que la brume des prunes lui monte à la tête, le console, l'apaise, l'allège : rien ne se passe. Du plomb partout. En conséquence, Mihai ne peut pas aller se coucher. Impossible de s'endormir dans ce cas-là. Parce qu'il n'est pas dupe, non, pas lui, plus maintenant. Il sait qu'il n'y a pas de hasard dans le baromètre de son breuvage préféré. La *Țuică* est fiable. Si elle n'aide pas, si elle ne produit aucun effet, ça veut dire que quelque chose ne tourne pas rond. Cela signifie que quelque chose cloche sérieusement.

Son estomac se tord. Pas besoin de creuser longtemps. Le petit. Il n'y a pas d'autre explication. Dorina a raison, une fois de plus. Il faut qu'il ouvre enfin les yeux, l'admette.

Le petit, leur petit, son petit ne va pas bien. Mihai se crispe de partout, se tend, se recroqueville, rétrécit. Son dos entier lui fait mal. Qu'est-ce qu'il s'en veut ! Il s'en veut profondément. Quelle idée d'avoir envoyé Cosmin en Belgique, entre les mains maladroites de sa mère. Sa fille. Sa petite. Elle n'est pas capable de s'occuper de son fils, ça se sait. Il ne faut pas lui en vouloir. Elle a trop souffert. Ses blessures sont si profondes qu'elle n'arrive pas à être une bonne mère. Faut la comprendre, elle n'y peut rien. Le fautif, le vrai responsable, c'est lui, père et grand-père défaillant, avant et maintenant. Il n'a été capable ni de protéger la petite ni d'assurer que le petit aille bien.

Mihai a envie de jeter la bouteille de *Țuică* par terre. De marcher pieds nus sur les débris pour se punir. Mais ça ne servirait à rien. Il faut agir, immédiatement. Il doit faire quelque chose de concret, pour eux, pour le petit, oui, surtout pour le petit. Il doit le faire revenir en Roumanie, chez eux, au chaud, le plus vite possible. Peu importe si Dorina est encore clouée au lit, immobilisée par ce foutu pied. Le petit l'aidera avec les tâches ménagères. Il n'est plus si petit que ça. Ils se débrouilleront très bien, tous les trois. Demain matin, à la première heure, il appellera Adriana. Il a encore de quoi payer le voyage de retour. Tant pis pour la nouvelle télé. Qui a besoin d'une nouvelle télé ? De ce brouhaha multicolore ? Des stupidités en série ? Pas lui, en tout cas. Ce dont il a besoin, c'est de se débarrasser du poids sur sa poitrine, de serrer le petit dans ses bras comme quand il était bébé. C'était un beau bébé. Rond, souriant. Une petite fossette dans la joue gauche. Un appétit respectable. Et puis ses premiers mots : Bunică, Buni, Micu. Ses premiers pas, agrippé à son doigt. Ses petits cadeaux : des escargots, des fruits sauvages. Leur passion partagée : le foot. Un garçon agile. Serviable. Malin comme un renard. Toujours capable de faire sourire Dorina, qui pourtant n'est pas toujours commode.

Sans le petit, la maison est trop calme. C'est un calme sans paix. Un calme sans rire. Cosmin ne rit même plus au téléphone. Il parle peu, répond à peine. Même Dorina ne parvient pas à lui tirer les vers du nez. C'est louche. Ça cloche. Il est grand temps qu'il revienne, que des rires résonnent. Demain, il réglera tout ça.

Mihai se ressert un verre, le descend d'un coup décidé et remonte se coucher auprès de sa femme. Sa belle ne dort plus. Ses yeux sont clairs. Elle lui prend la main et la serre. Elle a tout compris, il en est sûr. Épuisé, mais un peu plus apaisé, il ferme les yeux.

Cosmin

Sa décision est prise. Demain matin, il partira. Il retournera chez lui, chez Bunică et Bunic, revoir Micu et Sandu. Le village, la maison, sa chambre. Être là où on l'aime, là où on ne le soupçonne pas d'être un voleur. Il n'a jamais pris de pierre, nulle part. Il s'en fout, des pierres. Il préfère le vivant : les animaux, les plantes, les arbres, l'eau. Une pierre est dure et ne bouge pas. Aucun intérêt. Alors, pourquoi en aurait-il pris une ? Ça doit être la drôle de petite fille qui l'a fait. En tout cas, il ne veut plus jamais mettre ses pieds dans cette maison froide. Et il ne veut plus supporter cette odeur de moisi ni les regards indifférents des ours en peluche. Les cris de sa mère résonnent encore dans ses oreilles. Peut-être n'est-elle même pas sa vraie mère. Peut-être qu'il a eu raison, son père, de partir sans plus jamais revenir. Cosmin ravale ses larmes. Il a un goût âcre dans la bouche. Sa joue brûle encore. Bunică ne le frappe jamais. Jamais. Demain matin, il partira la rejoindre. Quand sa mère sera sous la douche, il sortira sans faire de bruit. Il a encore les deux billets que Bunic lui a glissés le soir avant son départ. De gros billets, de très gros même. Deux fois 50 euros. « C'est pour s'il y a quoi que ce soit, lui a dit Bunic. Mais pas pour des bonbons et des bêtises, hein ! Ne les perds pas. » Les billets sont pliés en quatre, dans un vieux porte-monnaie de Bunic, caché dans la poche intérieure de sa veste, à côté de son passeport. 100 euros sont trop peu pour un ticket d'avion, ça, il le sait bien. Mais il sait aussi qu'il y a des cars qui partent vers la Roumanie. Sa mère les prenait, avant. La gare n'est pas loin. Avec le tram, ils passent devant le matin, quand ils vont vers la grande maison. La gare doit se trouver à trois, quatre arrêts d'ici, pas plus. Mais il ira à pied, pour épargner le ticket.

Il ne laissera pas de lettre, pas un mot, aucune explication à sa mère. De toute façon, il n'a pas de papier ni de crayon. Et quoi lui écrire ? Il n'y a rien à dire. Elle comprendra vite qu'il est retourné en Roumanie. Bunic l'appellera pour le lui confirmer. Peut-être que ça la soulagera même. Cosmin a bien senti qu'elle n'est pas emballée qu'il soit là, au contraire. Eh bien, il partira, il rentrera chez lui. Tout le monde sera content. Les grands-parents aussi, il le sent. Mais d'abord, il faudra surmonter pas mal d'obstacles, éviter les dangers, ne pas se perdre. Trouver le car vers Bucarest, et de là le bus vers son village. Il se rend compte que ce ne sera pas trop facile, tout ça. Le voyage est long. Il faudra qu'il prenne discrètement quelque chose à manger dans l'armoire de sa mère avant de partir, quelques biscuits et du chocolat, elle en a, il l'a vu, même si elle ne lui en propose jamais. Elle râlera quand elle découvrira qu'il s'est servi. Mais de toute façon, elle est persuadée qu'il est un voleur. Du moins, elle aura une bonne raison de le croire. Et une raison de plus d'être contente, enfin débarrassée de son voleur de fils.

Le cœur de Cosmin cogne. Il cogne si fort que Cosmin se tourne sur le ventre et presse quelques secondes son visage contre le coussin malgré sa puanteur de moisi. Il l'enlace de toutes ses forces, tourne sa tête à gauche et essaie de respirer normalement, de se calmer, de s'encourager. Non, il n'aura pas peur ! Non, il n'échouera pas ! Il est grand et fort pour son âge. C'est Bunică qui le dit. Et Bunică ne dit pas n'importe quoi. Bunică sait. Il prendra évidemment l'écharpe qu'elle lui a tricotée.

Elle a des pouvoirs particuliers, il est sûr qu'elle le protégera. Chaque bout de maille a été touché par les mains magiques de Bunică. Penser à elle le fait sourire. Encore quelques heures et il ira les rejoindre, elle et Bunic et Micu et Sandu. Sa chambre, sa maison, son village, son pays. Cosmin tourne sa tête à droite, ferme les yeux, se détend un peu, mais son sommeil est peuplé de monstres et de pierres.

Adriana

Elle a failli se lever trop tard. Le réveil matin est dans la chambre, et elle s'est endormie au salon. Heureusement que son horloge intérieure fonctionne sans faille. Depuis l'ère de la sorcière, le sommeil d'Adriana n'est plus jamais profond. C'est comme si une partie de son corps était en veille permanente. Aujourd'hui, ce sont les oreilles qui l'ont alarmée. Trop de bruits dehors. Jour des poubelles, et elle a encore oublié de descendre la sienne. Elle hésite à réveiller Cosmin pour qu'il file vite en bas avec le sac. Mais ce garçon est si lent le matin que c'est peine perdue. Tant pis. Que ça pue, alors. On n'est plus à une mauvaise odeur près dans ce bâtiment de mites et de misère. Adriana s'étire et réajuste les nounours sur le canapé pour tenter d'ignorer la boule qui est déjà trop dynamique, en train de se durcir en pierre. Rien qu'à penser au sermon que Madame la psychologue s'apprête à tenir aujourd'hui à Cosmin-le-voleur et à sa mère indigne, son estomac se tord. Il faut absolument qu'elle ne s'énerve pas, baisse la tête, qu'elle soit rassurante avec la conne et ferme avec son fils. Elle a besoin de ce boulot. Pas d'écart possible. Adriana se parle à mi-voix : reprends-toi en main, sois plus calme aujourd'hui. Posée. Contrôlée. Avec une pointe de mauvaise conscience, elle se dit aussi qu'elle devrait devenir plus gentille avec Cosmin. Elle y est allée peut-être un peu fort hier avec lui. D'autant plus qu'elle est assez sûre que c'est la grenouille, la fautive. Oui, sans aucun doute, ce n'est pas son fils qui a pris cette pierre maudite. Elle l'a vu à son visage, à ses réactions. Mais il n'avait qu'à se défendre convenablement, à ne pas se laisser faire ! On n'arrive nulle part dans la vie si on ne se défend pas soi-même. Nulle part ! Qu'il apprenne ça vite, Cosmin, sinon il n'ira pas loin.

Adriana va dans le coin-cuisine, allume la radio et met le percolateur en marche. Elle sort deux tasses, du lait, des biscottes, un reste de confiture. La table est vite mise. Il n'y a plus grand-chose à se mettre sous la dent. Il faudra qu'elle fasse des courses. Avec les quelques euros qui lui restent, ce ne sera pas facile. Adriana soupire, mais les gestes matinaux habituels la calment, la rassurent. Sans frapper, elle ouvre la porte de la chambre, allume la lumière, ouvre les rideaux et ordonne d'une voix décidée au petit corps enroulé dans le coin du lit : « Cosmin ! Lève-toi ! Va prendre le petit-déjeuner et habille-toi. » Le petit se réveille en sursaut. « Allez, grouille-toi. Je vais prendre ma douche. » Sans lui sourire et sans attendre de réponse, Adriana se retourne et rejoint la salle de bain.

L'eau est chaude, presque brûlante. Ce n'est pas le cas tous les jours et ça fait un bien fou à Adriana. Tout son corps se détend, prend de l'ampleur, s'épanouit. Adriana décide qu'elle a droit à un peu de luxe aujourd'hui. Tant pis si ça prend plus de temps et s'ils ratent le bus de huit heures dix. L'autre conne est toujours en retard aussi. Et arriver une demi-heure plus tard que d'habitude abrégera peut-être l'interrogatoire « pierre ». Avec des gestes lents, elle se lave soigneusement les cheveux, utilise même un après-shampoing pour les adoucir et les fortifier. Une crinière en forme aide à se tenir droit, à se défendre. Adriana évite de regarder son corps. Elle ne supporte pas les taches, ces traces indélébiles du passé. Mieux vaut les ignorer. Elle évite aussi de regarder son visage, il la rebute. C'est un visage de conne qui s'est fait rouler, un visage de naïve niaise. Il n'est même pas assez beau pour dissimuler sa colère. Ses lèvres sont trop fines, son regard est trop froid. Rien à voir, circulez, foutez-moi la paix. Seuls ses cheveux trouvent grâce à ses yeux. Eux seuls valent d'être regardés dans le miroir. Adriana aime les toucher aussi, ils sont doux, malgré leur longueur, ils sont épais, ondulés et blonds. D'un vrai blond, sans colorant. Les cheveux de la sorcière étaient fins et fades, sans volume, sans éclat, aux couleurs artificielles. La sorcière avait beau investir des fortunes chez les coiffeurs les plus chics de la ville, sa chevelure ressemblait toujours à un balai bas de gamme. Bien fait pour elle. Un jour, Adriana lui déchiquettera son balai, elle arrachera les mèches de son crâne, une par une, quelle belle perspective ! Presque satisfaite, Adriana allume le sèche-cheveux. Sans hâte, elle se brosse avec soin sous le ronronnement d'air chaud.

Nina

C'est encore Mathilde qui l'a réveillée aujourd'hui avec des hurlements à travers toute la maison. « Mama ! Mamaaaa ! » Sa voix est dans les pires des aigus. « Où es-tu ? » Nina émerge avec difficulté de son canapé. Sa tête est prête à exploser. Son haleine tuerait un troupeau de bœufs. Elle a l'impression d'avoir des courbatures un peu partout, pourtant elle n'a plus fait de sport depuis des lustres. En soupirant, elle se redresse, pose les pieds par terre et jette un regard noir autour d'elle. Les tiroirs sont ouverts, les papiers éparpillés, un verre est renversé par terre. Nina attrape sa montre. Déjà huit heures et demie ! Misère. « Mamaaaaa ! » Nina rêve de pouvoir faire taire sa fille par télépathie. Elle s'y exerce, mais sa technique n'est pas au point. « Mammmaaaaa ! Tu es où ? » Des petits pas nerveux dévalent les escaliers, s'arrêtent abruptement. Mathilde n'ose pas entrer sans permission dans le bureau de sa mère. Par contre, elle ose frapper de manière énergique à la porte. Quel boucan ! Nina déteste qu'on la presse ainsi.

« Mama ? Tu es dans ton bureau ? » La voix de sa fille vire au plaintif, ouf, attention, chute de larmes immédiate à prévoir. Nina se décide enfin à répondre. « Oui, je suis ici, arrête de hurler, ma chérie. » Sa voix est embrouillée, hier soir elle a dû trop boire et fumer. Peu à peu, tout lui revient. Bon, tout, c'est un grand mot, vu son mal de tête et ses brûlures d'estomac. Mais du moins la partie importante, décisive pour son état actuel : sa pierre, son gri-gri, l'œil de tigre irremplaçable, est perdue. Non, pas perdue : elle n'est plus là. Certainement volée par ce petit gamin au regard fuyant, au visage opaque. Et puis cette Adriana silencieuse et têtue, pas un mot d'excuse. Et puis ce mari insensible, suffisant, Monsieur le juriste dans toute sa splendeur. Des raisons plus que valables pour justifier la noyade dans le vin. Quelle sale soirée !

« Je peux entrer ? » Mathilde adopte un ton suppliant, c'est tout aussi énervant que les cris et les plaintes.

« Bon, allez, entre. » Nina n'approuve pas, normalement, que sa fille vienne dans son bureau, mais là, elle n'a pas le courage de faire barrage. De toute façon, ses gestes sont trop lents ce matin pour rejoindre rapidement sa fille. Pour préparer le petit-déjeuner. Prendre sa douche. S'habiller. Se maquiller. Cacher les cernes, les rides, les rougeurs. Se brosser deux fois les dents. Camoufler l'haleine d'alcoolique. Avaler une tisane tiède. Se coincer dans sa voiture. Supporter les bouchons. Recevoir ses patients. Se recoincer dans la voiture. Bouchons *bis*. Enfant exigeant. Mari ronchon. Ennui en boucle. Nina soupire et ouvre les bras à sa fille qui vient se coller contre elle. Un moment de répit avant l'agenda de la joie.

Le moment de douceur ne dure pas longtemps. Son téléphone mobile vibre. Mathilde se presse vers la table, attrape l'engin. « Tu veux que je décroche pour toi ? » Encore une manie agaçante de la petite de toujours vouloir accaparer son téléphone. « Non, passe-le-moi ! » Son ton est coupant. Mathilde fait la moue, mais s'exécute. Nina attrape le téléphone qui affiche le nom d'Adriana. Qu'est-ce qu'elle veut encore, celle-là ? Ne devrait-elle pas déjà être là ? « Allô, oui ? » Sa voix est froide.

Mathilde

Le visage de sa mère est tout froissé depuis qu'Adriana a appelé. Ça fait peur à Mathilde. Elle se sent mal. Personne ne lui ordonne de terminer son muesli. Les raisins secs gonflent. La cuillère tourne, touille, tasse. Pas de réaction. Ses parents ne font pas attention à elle. Ils sont nerveux. Sa maman s'assied, se lève, s'assied, se lève. Son papa tourne en rond, ne boit pas son thé. Ils ne vont pas travailler. On ne l'accompagne pas à l'école. Adriana ne vient pas. On ne lui explique rien. Elle a beau demander ce qu'il se passe, ses parents ne répondent pas ou de travers. Elle a envie de pleurer.

« Va jouer dans ta chambre, s'il te plaît, Mathilde ! » Son papa la pousse vers la porte de la cuisine. Elle traîne les pieds.

« Mais je veux aller à l'école. » Mathilde proteste.

« Tu es déjà trop en retard, dit son père. C'est notre faute, ma chérie, excuse-nous, mais ça ne vaut vraiment plus la peine de t'amener pour une heure et demie. »

« Si ! » Mathilde veut y aller, elle croise les bras, regarde son père d'un air buté.

« Non ! Il est sévère aujourd'hui. Va jouer dans ta chambre, maintenant. »

Mathilde est intimidée par sa fermeté inhabituelle, mais ne se décide pas à quitter la cuisine. Ce n'est pas qu'elle aimc particulièrement aller à l'école. Mais elle n'aime pas non plus ne pas savoir ce qui se passe. Être renvoyée de la cuisine sans comprendre pourquoi.

« Vas-y, Mathilde ! Dépêche-toi. Sa mère lève la voix. Laisse-nous tranquilles. » Elle n'est pas gentille. Mathilde sort enfin, les larmes aux yeux. « Ferme la porte derrière toi ! » Sa mère est vraiment méchante. Les larmes coulent. Mathilde claque la porte, exprès et aussi fort qu'elle peut, mais les parents ne réagissent pas. Sa colère monte. Elle a envie de casser quelque chose. Non, elle n'a aucune envie de monter jouer.

Pourquoi Adriana ne vient pas ? Et son fils, qu'est-ce qu'il fait ? Mathilde l'aime bien, tout compte fait. C'est mieux quand il est là. Mathilde déteste être seule. Et elle ne veut pas jouer seule. C'est ennuyeux. Alors au lieu de monter dans sa chambre, elle traîne dans le couloir, passe au salon, regarde par la fenêtre, devient un chat. À pas feutrés, elle contourne les obstacles, miaule, sautille et se faufile dans la véranda. Dehors, il pleut. Elle a froid. Son ventre gargouille. Ses miaulements se transforment en grognements. Elle devient un chat sauvage. Un tigre ou un lion. Non, plutôt un léopard noir. Prêt à l'assaut. Sans faire de bruit, elle quitte la véranda, traverse le couloir à quatre pattes, se glisse vers la porte de la cuisine, presse d'abord son œil puis son oreille contre la serrure. Les parents se disputent. Ils parlent d'Adriana. Sa mère a une drôle de voix, plus haute que d'habitude, tremblante. Un peu comme la sienne quand elle a envie de pleurer.

« Mais je ne pouvais pas savoir que le petit allait fuguer. Va-t-on savoir ce qu'Adriana lui a fait ! Elle ne recule certainement devant rien, celle-là. »

« Ça ne sert strictement à rien de faire des spéculations ! » Son père semble énervé et le fait entendre, ça n'arrive pas souvent. Mathilde presse son oreille encore plus fort contre la serrure, ne respire presque plus. Que veut dire fuguer ? Elle ne le sait pas. Mais elle sent que ce n'est pas une chose rassurante. Son père continue : « Il faudrait plutôt réfléchir à comment retrouver ce pauvre gamin si sa mère ne veut pas avertir la police. Bruxelles n'est vraiment pas un endroit où traîner seul pour un garçon de son âge. » Il soupire, reprend d'une voix presque terrifiante : « Dire qu'il est peut-être en danger juste à cause de ta foutue pierre disparue dans ton foutu bureau ! »

Mathilde décolle son oreille et se fige sur-le-champ. Elle n'est plus léopard du tout, mais une petite souris tremblante. Son cœur tambourine furieusement. Son sang monte à sa tête. Un voile gris nage devant ses yeux et floute sa vue. Elle sait que ce n'est pas à cause du vocabulaire inhabituel de son père ni à cause de cette situation étrange qu'elle se sent tout à coup si mal. C'est à cause de la pierre. La jolie petite pierre brune et jaune, si douce dans sa paume. Mais qui n'est pas à elle. Qu'est-ce qui lui a pris de la piquer dans le bureau de sa mère, de rentrer dans le bureau sans permission ? Avec le garçon, en plus. Elle a caché la pierre sous deux coussins dans un coin de son lit. Mais le Bon Dieu voit tout. Et maintenant, il la punit. Parce qu'il ne faut pas voler, elle le sait. Peut-être que si elle remet vite la pierre à sa place, le garçon reviendra. S'il retrouve le chemin. Il est plus grand qu'elle, mais pauvre, pas d'ici et ne parle pas bien le français. Mathilde sent qu'une larme se dégage. Elle a envie de vomir. Dans sa poitrine, quelque chose se noue, pèse, brûle. Aussi vite qu'elle peut, elle court vers la cage d'escalier, vers sa chambre, chercher la pierre. Si elle parvient à la remettre dans le bureau de sa mère sans que ses parents l'attrapent, le garçon reviendra. Si ! Elle le veut ! Il le doit !

Adriana

Jamais elle ne s'est sentie aussi mal. Ses mains et ses jambes tremblent, ses dents claquent, sa gorge est sèche. Elle a pris deux calmants. Ils ne servent à rien, au contraire, ils la ramollissent. Son visage est brûlant et humide de larmes. Elle qui ne pleure jamais devient une fontaine, comme n'importe quelle gonzesse stupide. Elle se sent lamentable. Pourtant, elle a essayé de faire ce qu'elle a toujours fait pour continuer sans paniquer et sans se perdre : se contrôler. Se dominer. Prendre ses distances. Sortir de son corps. Glacer son sang. Refroidir ses yeux. Se mettre à côté de soi. S'observer comme si elle était quelqu'un d'autre. Ignorer les douleurs. Se mettre au-delà. Flotter sans se laisser heurter. Ne pas se laisser intimider ou toucher par rien ni personne. Ne pas pleurnicher. S'imposer le silence, l'armure et le masque. Se tenir droite, la tête si haute que personne ne peut s'y infiltrer.

Mais aujourd'hui, toutes ses stratégies sont en échec total. Elle est un torchon. Elle n'arrive même plus à réfléchir à que faire. Pendant une heure, elle a parcouru le quartier, regardé derrière chaque buisson du parc et demandé à tous les commerçants du coin s'ils avaient vu le petit en leur tendant la photo encadrée décrochée du mur. Son fils avec un sourire figé en tenue endimanchée. Plus jeune, innocent. Absent. Personne ne l'a vu. Ces brutes insensibles ne lèvent donc jamais la tête, trop occupées par leurs échoppes minables ? Adriana avait envie de les abattre un par un. Juste pour ne plus voir leurs regards curieux, compatissants, méfiants ou méprisants. Oui, elle est une mauvaise mère. Oui, le petit a fugué. Oui, c'est de sa faute. Mais ils n'ont pas à la juger, tous ces salauds bien-pensants.

Comme s'il avait senti que quelque chose ne tournait pas rond, son père a déjà téléphoné deux fois ce matin, lui qui l'appelle si rarement et jamais avant le soir. Il a même laissé un message sur le répondeur, chose inédite. « Rappelle-moi, s'il te plaît. » Adriana n'a ni décroché ni rappelé. Elle n'a pas le courage de lui annoncer la mauvaise nouvelle ni la force de rassurer ses parents – de leur dire qu'elle va retrouver le petit, qu'il ne peut pas être bien loin. Et elle n'a pas la force non plus de leur mentir, de faire semblant que le petit est là, bien qu'il s'est évaporé sans laisser de traces.

Allez, fais quelque chose, s'ordonne Adriana à haute voix. Elle se mouche bruyamment, réprime un hoquet et attrape le téléphone. Elle n'est pas encore prête à appeler la police. Trop de pervers parmi ces gens. Elle en a connu une poignée redoutable quand elle était dans les griffes de la sorcière. Qui sait s'ils ne feront pas plus de mal que de bien au petit s'ils le retrouvent ? Non, pas la police, pas encore. D'abord, elle appellera Gaston. Elle a bien senti qu'il aimait bien le petit. Avec son côté bon samaritain, il fera tout pour l'aider. Tout en composant son numéro, elle remet sa veste et attrape son sac. Elle ira faire un nouveau tour dans le quartier. Le petit ne peut pas être si loin que ça. Elle doit le retrouver à tout prix ! Peut-être se cache-t-il quelque part dans le parc. Quand il était petit, il aimait grimper dans les arbres et y rester sans bouger. Parfois un petit rire le trahissait quand on le cherchait. Un rire gloussant et désarmant. Adriana hoquette à nouveau, son visage se mouille et la boule en elle cogne si fort qu'elle a du mal à respirer. Sa voix tremble quand Gaston décroche et le son de la sienne, basse et rassurante, la calme à peine.

Gaston

« Je vais réfléchir à ce que je peux faire. » Gaston a vite raccroché, abasourdi. De toute façon, Adriana n'était pas très loquace, comme d'habitude. Ce qui était nouveau : qu'elle fasse transparaître sa détresse. Pour la première fois depuis qu'ils se connaissent, elle a montré des sentiments, avoué une faiblesse et demandé de l'aide. Mais cela ne procure aucune satisfaction à Gaston. La colère, une émotion qu'il éprouve si rarement, se fraye un chemin en lui et se dirige contre cette mère qui n'a pas veillé sur son fils, un enfant inoffensif, vulnérable, un trésor unique et fragile. C'est une colère étonnamment vive, elle lui paraît indomptable. Gaston sent que son amour pour Adriana en est affecté, sa tendresse égratignée. Que cette femme le néglige, lui, son compagnon, un adulte grand et fort, d'accord, mais pas ce petit être attachant dont elle est responsable. Merde ! La colère secoue Gaston, échauffe ses joues et accélère les battements de son cœur, mais n'anesthésie pas son angoisse grandissante. Il faut retrouver le petit, le plus vite possible. Gaston s'efforce de rester calme pour mieux réfléchir, mais ses mains tremblent, ses pensées s'embrouillent. Il se sent touché par la disparition de Cosmin comme si ce garçon – qu'il n'a vu que pendant quelques heures – était son propre fils. Il faut agir. Il doit réfléchir. Où aurait-il pu aller ? Pourquoi ? L'histoire de la pierre est farfelue. La fugue est réelle. On fugue si on ne se sent plus en sécurité, quand les hostilités débordent, quand « partir » représente moins de danger ou de désolation que « rester ».

Consciencieux même dans l'urgence, Gaston appelle le bureau pour prendre spontanément congé, ce qui lui vaut une réprimande, mais il reste si obstinément muet qu'on lui fiche vite la paix. Gaston essaie de dominer sa respiration et de se mettre à la place de Cosmin. Quels auraient été ses plans à lui s'il avait voulu quitter un endroit inhospitalier et froid ? Vers où se serait-il dirigé ? Vers là où il y a de la chaleur, évidemment, vers là où on se sent chez soi. Pour Cosmin, ça doit être chez ses grands-parents, sans doute. Pas facile d'y aller. Malgré ses 11 ans, ce garçon est assez intelligent pour savoir que prendre l'avion sans adulte, sans moyens, est impossible. Reste l'auto-stop, le train ou le bus. Gaston se souvient qu'ils avaient parlé devant Cosmin des voyages en car vers la Roumanie. Adriana avait dit d'un ton dédaigneux que ces bus étaient remplis de Tsiganes malpropres et voleurs, ce qui avait incité Gaston à répliquer un peu sèchement qu'il serait peut-être temps d'abandonner ce genre de préjugés. Cosmin lui avait jeté alors un court regard et eu un petit sourire, comme s'il approuvait son discours. En se rappelant cette scène, Gaston se dit, espère, croit, sent, veut sentir que le bus est la piste la plus probable. Il attrape sa veste, les clés, court vers sa voiture et se met en route vers la gare du Midi, la gare la plus proche de l'appartement d'Adriana. « Sois prudent, petit homme, murmure-t-il. Tiens bon, j'arrive. »

Cosmin

Il est grand, il est fort, il est presque adulte. Son corps s'est allongé, sa tête allégée. Il respire mieux depuis qu'il a quitté l'appartement, ce bâtiment oppressant, sans que sa mère s'en aperçoive. Il marche vite. Sans se perdre, il rejoint la gare – il a bien fait de suivre le trajet de bus, puis le flot des gens. Satisfait, il regarde sa montre. Ça ne lui a pris que 43 minutes. Pas sûr que Sandu aurait tenu pareil. Preuve que Cosmin est encore en forme. Bientôt, il rejouera enfin au foot et… paaaf, il fera des buts en série, directement dans les choux et les radis. C'est Radu qui va être content. Cosmin sourit quelques secondes avant de revenir au présent. Son t-shirt lui colle à la peau, il a faim, mais d'abord il doit assurer le voyage, trouver un guichet pour les tickets de car et l'endroit du départ. Cosmin respire profondément et accélère. De petites décharges électriques traversent son corps. Angoisse et nervosité s'y mêlent quand il se rend compte qu'il tourne en rond. « Reste calme, réfléchis et oriente-toi », s'ordonne-t-il. Il s'arrête et regarde autour de lui. La gare est immense et assez sombre, un labyrinthe. À part les clochards et ceux qui sont assis dans des cafés, les gens courent dans tous les sens. Ils sont sérieux, pressés. Ils savent où aller. Même en marchant, ils ne regardent que leur smartphone. Personne ne prête attention à Cosmin. Remarque, ça l'arrange. Pour éviter les ennuis, mieux vaut rester invisible, devenir un agent secret, le visage fermé. Cosmin avance avec prudence et scrute les panneaux. Ils n'indiquent que les départs des trains et les quais correspondants. Pas une seule indication pour les autobus, quelle sale affaire. Peut-être doit-il demander de l'aide à quelqu'un ? Son regard tombe sur un homme sans valise, petit et chauve, qui se tient debout à côté du panneau, immobile. Ses yeux enfoncés le transpercent, le fixent, l'observent, on dirait un crocodile devant sa proie. Cosmin ressent un malaise, il préfère échapper à ce regard opaque, comme il préfère aussi rester hors du champ de vision des militaires armés qui se trouvent devant les entrées vers les quais. Il fait un tour pour les éviter, rase les murs, arpente les couloirs. D'où partent ces fichus autobus dont Maman et Gaston parlaient ? Pas à partir des rails, ça, c'est sûr, il n'est pas stupide. Il vaut donc mieux sortir de la gare puisque les arrêts d'autobus doivent se trouver plutôt dans les alentours. D'un pas rapide, Cosmin prend une autre sortie que celle par laquelle il est entré.

L'air est froid dehors, les gens se poussent et se bousculent devant les portes battantes, ça pue l'urine et les gaz d'échappement, pas de quoi réjouir le nez de Cosmin. Pour ne pas se faire bousculer, il se range de côté, du côté d'un clochard couché sur un carton, les yeux fermés. Cosmin ne sait pas où aller. Que faire ? Il n'y a pas d'arrêt de cars en vue, juste des voitures, des trams, des gens décidés. Les minutes s'écoulent et Cosmin se sent minuscule et minable. L'euphorie s'est évaporée, l'angoisse reprend le dessus, elle veut le dominer, la sale garce. Les yeux de Cosmin picotent, sa gorge est bloquée, mais non ! Il ne veut pas se laisser décourager. Il trouvera, il partira. Pas question d'abandonner. Et pour faire quoi ? Retourner chez sa mère pour ramasser quelques gifles supplémentaires ? Non merci ! Cosmin se redresse, il n'a pas le choix, il faut qu'il demande à quelqu'un son chemin, mais à qui ? Son regard frôle un homme au pas trébuchant qui fait la manche sans succès. Ses cheveux sont longs, gris et gras, ses chaussures trouées, ses vêtements tachés. Comme s'il avait senti le regard de Cosmin, l'homme se tourne soudain vers lui. Le bleu de ses yeux est intense, étrangement lumineux. « Une petite pièce pour moi, jeune homme ? demande-t-il d'une voix enrouée, juste une petite pièce ? » Cosmin doit penser à Bunică qui donne toujours une petite pièce, toujours, c'est parce que sa grand-mère a le plus grand cœur du monde, et le plus chaud aussi. Il voudrait faire comme elle, mais il n'a pas de petite pièce, juste les deux billets de Bunic dont il a besoin lui-même. Alors il hausse les épaules d'un air gêné, ne trouve pas le mot pour « désolé » en français et lui murmure en roumain : « *Scuze.* Je n'en ai pas. »

« Ne t'en fais pas, lui répond l'homme avec un sourire, en roumain. Ne t'en fais pas, petit, les temps sont durs. » Le cœur de Cosmin fait un saut de surprise et de bonheur. Entendre sa langue à lui le réconforte immédiatement, lui redonne confiance et espoir. Il sourit à son tour et demande vite, essoufflé : « Savez-vous d'où partent les cars vers la Roumanie ? »

L'homme le regarde d'un air aussi compréhensif qu'amusé : « Mal du pays, hein, petit ? »

Cosmin hoche la tête. Sa gorge est nouée. Le roumain, ces sons familiers, augmente son envie de retourner chez lui, le plus vite possible.

« Bon, alors, traverse cette rue. De l'autre côté à gauche, il y a un magasin qui vend les tickets. Mais prudence, hein, petit ? T'es un peu jeune pour voyager seul. » Le regard bleu devient plus sombre. « Embrasse ma belle Roumanie. » Cosmin a envie de lui demander de venir avec lui. Mais il ne sort qu'un « Oui, merci, merci ».

« Allez, vas-y. Mais attends une seconde, jeune voyageur : t'as une petite pièce pour moi ? » Le bleu s'éclaircit. Cosmin n'a pas envie de l'assombrir, alors il fouille dans son sac et lui tend la tablette de chocolat qu'il a prise dans l'armoire de sa mère. L'homme rit, ses dents sont brunes, son haleine est chargée, mais son rire est contagieux. « Tu es un bon petit gars ! dit-il enfin, mais garde le chocolat pour toi, tu en as plus besoin que moi. Allez, dégage maintenant, canaille. »

Vingt minutes plus tard, Cosmin tient le ticket de bus dans sa poche, près de son corps, sans le lâcher. Il pourrait crier de joie. Ce n'était pas si difficile que ça. Il s'est collé à la femme devant lui comme s'ils étaient ensemble, comme si elle était sa mère, et on ne lui a pas posé de questions. La vendeuse n'a même pas relevé la tête. Il aurait pu l'embrasser. Comme un adulte, il a payé, pris le ticket et la monnaie. Le prix l'a un peu choqué, c'est sûr. Il ne lui reste que 14 euros. Cosmin espère que ce sera assez pour prendre un bus de Bucarest au village. « N'y pense pas maintenant, se dit-il, le plus difficile est derrière toi et après, tu verras. Dans le pire des cas, Bunic viendra te chercher. » Pour trouver le bus, il a suivi la femme, malgré le regard méfiant qu'elle lui jetait au-dessus de son épaule. Il ne l'a pas lâchée – un pas et demi derrière elle et le voilà au bon endroit. La vie est incroyable ! Belle et magique ! Il en aura, des choses à raconter à Sandu et à Micu !

Départ dans une demi-heure. Malgré sa mauvaise humeur apparente, le chauffeur leur a permis de déjà s'installer dans le car. « Il y a assez de place, les gens ont trop d'argent, il me semble. Ils prennent tous l'avion. Si ça continue, je peux chercher un nouveau boulot. » Il tire furieusement sur sa cigarette et éjecte la fumée, les sourcils froncés. Cosmin sourit, le type lui rappelle Radu, le voisin râleur. Que ça va être bon de le revoir, de tirer le ballon dans son jardin ! Cosmin a envie de rire. Et il a une de ces faims ! Il a bien mérité un biscuit, non ? Un biscuit volé, au chocolat, Maman ne va pas être contente. Penser à sa mère met une ombre sur sa joie. Une pointe de mauvaise conscience s'infiltre côté cœur, une petite douleur. Cosmin espère qu'elle ne se posera pas trop de questions, qu'elle ne sera pas trop fâchée par son départ. Ou sera-t-elle même inquiète ? Il aurait peut-être dû laisser un mot… Trop tard, tais-toi ! La petite voix intérieure est priée de bien vouloir se taire. Après tout, sa mère l'a soupçonné à tort, l'a frappé, l'a poussé, insulté, ce n'est pas rien. Bah, ils se réconcilieront à Noël. Cosmin croque dans son biscuit, jamais il n'en a mangé de meilleur.

Nina

Elle a failli gifler sa fille. De voir Mathilde là, dans son bureau, devant son secrétaire, en train de fourrer la pierre dans un tiroir l'a mise hors d'elle. « D'où sors-tu cette pierre ? », crie-t-elle en s'emparant de l'œil de tigre. Elle le brandit d'une main et attrape violemment le bras de Mathilde de l'autre. Elle secoue sa fille, postillonne de colère : « Réponds-moi tout de suite ! » Et hop, la fontaine de larmes jaillit. Mais Nina n'est pas prête à se laisser attendrir, oh non ! « C'est toi qui l'as prise ? » La petite hoquette, Nina la secoue, jusqu'à ce que Mathilde dise enfin oui de la tête et s'empresse d'ajouter d'un ton plaintif : « Mais je voulais juste un peu jouer avec elle avant de la remettre à sa place. » Nina a envie de la frapper, de décharger toute sa fureur et tous ses remords sur cette espèce de fillette pleurnicharde qui la met dans un embarras épouvantable. « Tu te rends compte ce que tu as fait, petite voleuse ? hurle-t-elle. À cause de toi, le fils d'Adriana a disparu ! » Les larmes de sa fille se transforment en rivière, tandis que Nina sent des gouttes de transpiration couler de ses aisselles. Elle tremble, sa tête explose, elle va faire un infarctus si elle ne se calme pas immédiatement. Mais elle n'est pas capable de se calmer. « Si quelque chose lui arrive, à ce garçon, ce sera ta faute ! » Elle sait qu'elle est injuste, mais la maîtrise de soi n'est pas son point fort aujourd'hui.

« Tu vas cesser immédiatement de rendre ta fille responsable ! » La voix de Stefan est un tonnerre. « Immédiatement ! » Nina tressaille, se retourne vers lui, elle ne l'a pas entendu venir. Lui qui ne rentre jamais dans son bureau, il se tient devant la porte ouverte et tend la main à sa fille. « Lâche-la. Viens, Mathilde. » Nina obéit comme un robot. Mathilde court vers son père, se réfugie dans ses bras. Il la soulève comme quand elle était petite, caresse son dos et lance à Nina, d'un regard distant et froid : « Toi seule es responsable de la fugue du gamin et tu le sais. C'est toi la fautive, personne d'autre. » Il se tourne vers la sortie. « Je sors faire un tour avec Mathilde, je ne vais pas travailler aujourd'hui. Tu as intérêt à te calmer jusqu'à notre retour et à faire ce qu'il te reste à faire. » Deux minutes plus tard, la porte d'entrée claque. Wow, c'est incroyable, il l'impressionne ! C'est la première fois depuis qu'elle connaît Stefan qu'il ne va pas travailler hors des vacances. Et c'est la première fois qu'il fait claquer une porte. Elle lui en est presque reconnaissante.

Mais dans le silence qui s'ensuit, Nina se sent honteuse et elle déteste ça. Comment a-t-elle pu soupçonner si facilement ce pauvre gamin ? À tort, en plus, quelle incroyable gêne ! « Pauvre conne, se dit-elle, tu n'es qu'une pauvre conne, répète-t-elle avec véhémence, bourrée de préjugés en plus. » Elle a le vertige, son visage brûle, ses mains tremblent. « Tu dois faire quelque chose pour ce gamin, maintenant ! Allez, bouge ton gros cul, pauvre fille. » Mais que faire ? Nina n'arrive pas à réfléchir, depuis longtemps elle n'y parvient plus, d'ailleurs. Ses pensées s'échappent, s'effilochent, elle est incapable de les structurer, de les instrumentaliser en vue d'un but précis. Mais elle sait une chose, malgré toute sa déchéance lamentable : elle doit rapidement rappeler Adriana, avouer, s'excuser, se mettre à genoux et demander des nouvelles du fils, quelle lourde tâche, quelle tâche honteuse. Elle soupire, glisse la pierre dans sa poche de pantalon et se dirige vers la cuisine. Il lui faut un remontant, un petit coup encourageant. Avec fébrilité, elle ouvre le frigo, sort une bouteille de vin et se verse un verre généreux. Après le deuxième, elle attrape enfin son téléphone pour appeler Adriana. Ses mains ne tremblent plus.

Gaston

Il n'a pas l'habitude de perdre son calme, mais là, il n'y a plus rien à faire. Gaston tremble, Gaston bouillonne, Gaston court. Le but lui semble proche après qu'une vendeuse d'un flegme hors norme a dédaigné se rappeler d'un gamin venu ce matin dans son magasin acheter un ticket pour Bucarest. « Mais je pense qu'il était avec sa mère », a-t-elle précisé, les yeux collés sur son smartphone, une information que Gaston a préféré ignorer pour ne pas étouffer l'espoir que ce garçon soit Cosmin. « Et d'ailleurs, le car part dans quelques minutes. » Ton faussement désolé, décollage des yeux, regard de vache : « Pas sûr que vous allez l'attraper. » Gaston aurait pu la gifler, lui qui n'est jamais violent. Mais il s'est juste retourné sans lui répondre, a claqué la porte et a commencé à courir.

Malgré l'air pollué, les klaxons et le point de côté, l'effort physique lui fait du bien. Gaston retrouve le calme, un rythme, une respiration bruyante mais régulière. Trois minutes avant le départ, il atteint le bus. À bout de souffle, il se précipite vers la porte encore ouverte, gravit les deux marches et épie l'intérieur du bus. Son cœur bat la chamade, sa vue est perturbée. « Votre ticket ? » Le chauffeur installé derrière le guidon le toise avec un grain de méfiance. Mais Gaston ne répond pas tout de suite. Il a aperçu Cosmin au fond du car. Oui, c'est lui, tout entier, avec ses cheveux en bataille, sa peau pâle, sa bonne petite bouille. Il regarde par la fenêtre et mange un biscuit. Quelle image de bonheur ! Gaston sourit à n'en plus finir, ses jambes tremblent. Dieu existe ! Il mérite trois cierges, là. « Votre billet, Monsieur ! » Le chauffeur s'impatiente. « Nous partons dans deux minutes. » Gaston détache avec difficulté ses yeux de Cosmin, les colle à ceux du chauffeur de bus, soudainement effrayé parce qu'il n'en a pas et qu'il se rend compte qu'il ne veut ni laisser Cosmin partir tout seul ni l'empêcher de partir. Spontanément, il sort : « Je peux acheter un ticket chez vous ? » Le chauffeur fronce les sourcils et jette un petit regard de droite à gauche. Avec une voix de conspiration, il lui chuchote enfin : « Normalement non, mais je veux bien faire une exception. » Gaston lui sourit avec encouragement. « C'est très aimable de votre part. Combien je vous dois ? » Le prix n'est pas d'ami, mais Gaston paye sans broncher.

Un souffle de liberté l'inspire, porté par une vague de gratitude et d'excitation heureuse. Le petit va bien, il est là, alors Gaston ne va ni rechigner sur quelques euros ni penser aux conséquences de son acte. « Bon voyage ! » Le chauffeur paraît si content que Gaston ne regrette rien. Allons-y, vers cette autre vie, se dit-il pour faire taire toute hésitation, et il s'avance vers Cosmin.

Adriana

Elle vient de recevoir un message de Gaston. Douze mots qui l'apaisent immédiatement : « Suis avec Cosmin dans un car vers Bucarest. Ne t'inquiète pas. Gaston. » Quel soulagement que le petit soit sain et sauf ! Enfin, elle parvient à respirer et à soulever la tête, libérée d'un poids énorme sur sa poitrine. Elle ferme les yeux, prise par un léger vertige. Mais dès qu'elle a retrouvé ses esprits, de nouvelles questions l'assaillent. C'est quoi, cette histoire de car ? Pourquoi Gaston n'a pas retenu le petit ? Pourquoi veut-il aller à Bucarest, lui aussi ? Comment se sont-ils trouvés ? Sont-ils de mèche ? Et sont-ils vraiment déjà en route ? Elle tente de l'appeler, encore et encore, mais Gaston ne décroche plus son téléphone. Adriana attrape son sac. Il faut qu'elle aille le plus vite possible vers la gare du Midi, peut-être ne sont-ils pas encore partis. Elle doit les rattraper ! L'adrénaline monte à nouveau. Quelle journée de dingue. La boule frappe encore, mais de manière affaiblie. Adriana est trop épuisée pour continuer à s'énerver à 180 à l'heure. Et puis elle ressent une chose étrange en pensant à son fils, quelque chose qui l'adoucit. Adriana a d'abord du mal à mettre des mots sur ce sentiment, mais à y réfléchir, ça doit être une certaine fierté, oui, c'est tout à fait ça. Son fils est bien plus fort qu'elle ne croyait. Il s'enfuit quand il ne va pas bien. Il ne se laisse pas faire, il dégage. Il a pris les choses en main, comme un grand. Chapeau ! Même s'il mérite un sérieux savon pour toutes les angoisses qu'il lui a procurées, ce n'est pas une mauviette, au contraire : c'est un vrai petit bonhomme, celui-là ! Adriana ressent une étrange joie, elle boutonne sa veste, descend les marches deux par deux, il faut qu'elle rejoigne son fils avant qu'il parte, elle veut l'accompagner, qu'il rentre en sécurité.

Sans ménagements, Adriana bouscule les gens sur son passage, vite, vite, vers la station de bus. Quatre minutes d'attente pour le 65, quelle galère ! Mais bon, ça laissera un peu de répit à son cœur qui bat à nouveau trop vite, trop fort. Calme-toi, Adriana, s'ordonne-t-elle. Non, plus rien ne peut arriver à Cosmin, ce sale gosse, sauf quelques baffes pour tout ce stress qu'il a généré. Il est entre de bonnes mains, Gaston est fiable. Mais celui-là aussi, quel enfoiré ! Il pourrait quand même l'appeler ou décrocher, y en a marre de sa messagerie ! Adriana tourne en rond en attendant le bus et recommence à s'énerver. Elle sursaute quand son téléphone sonne. Enfin Gaston ? Mais c'est un numéro inconnu qui s'affiche. « Allô ? » C'est Stefan, le mari de Nina, on aura tout vu. « Bonjour, Adriana. » Il demande des nouvelles de Cosmin. Sa voix est calme avec une note de vraie compassion, il lui semble. Elle est si étonnée de cet appel qu'elle répond sans réfléchir, dans un flot de paroles. « Mon copain l'a retrouvé. Apparemment, il est dans un car qui part pour Bucarest. Je suis en train de les rejoindre. Mais je ne sais pas s'ils sont encore là ou déjà partis. » Un sanglot lui échappe, quelle gêne, mais c'est plus fort qu'elle. Trop d'émotions, plus moyen de les camoufler. Stefan a un ton presque chaleureux quand il lui répond. « Mais c'est une très bonne nouvelle qu'il soit en sécurité, Adriana ! Calmez-vous, je viens aussi, on se retrouve à la gare. Laissez votre téléphone allumé. À tout de suite. » Il raccroche. Le bus arrive. Adriana monte comme un robot. Plus de sanglots, plus d'énervement, au contraire : un étrange apaisement s'empare d'elle. L'attention vient parfois de ceux dont on attendait le moins, se dit-elle, presque émerveillée, et sourit à la femme voilée assise en face d'elle. Quand son téléphone recommence à sonner, Adriana décroche – bien que ce soit Madame la psychologue qui n'est vraiment pas son interlocutrice préférée.

« Bonjour, Adriana, c'est Nina. » L'articulation est légèrement floue.

« Bonjour. » Bien qu'adoucie, Adriana ne parvient pas à trouver un ton aimable ni à prononcer le nom de cette femme.

« Je vous appelle parce que je dois m'excuser. » Madame la psychologue a une drôle de voix, on dirait que celle-ci est coincée sous ses talons aiguille. « Je suis vraiment navrée. »

Adriana voudrait s'étonner de cette excuse, mais son bouquet de réactions commence à faner. « De quoi ? », demande-t-elle, fatiguée.

« C'est Mathilde qui a pris la pierre, pas votre fils. Je l'ai accusé à tort. J'ai… j'ai vraiment honte. »

Adriana ne dit rien. Ce serait trop facile pour l'autre. Et puis, au fond d'elle et pas seulement là, elle savait bien que Cosmin était innocent.

« Croyez-moi, je m'en veux terriblement ! » Nina a un ton presque suppliant. Adriana l'entend boire, puis le tintement d'un verre, posé sans délicatesse sur une table. Elle ne sait pas quoi répondre.

« Je dois descendre du bus dans deux minutes », finit-elle par dire.

« Je comprends », dit l'autre conne, suave, comme si Adriana était l'une de ses patientes. Pourtant, elle ne comprend rien du tout ! « Puis-je juste vous demander si vous avez… Nina baisse la voix, si vous avez des nouvelles du petit ? »

La communication avec son mari ne doit pas être au point, se dit Adriana. « Oui, ne vous inquiétez pas », cette fois-ci c'est elle-même qui prend un ton de toubib d'âme, cela devient presque risible. « Il est dans un bus vers la Roumanie, mon copain est avec lui et j'essaie de les rejoindre. D'ailleurs, je suis arrivée à la gare, je dois vous laisser. » Adriana est pressée, mais elle n'ose pas raccrocher.

« Ah bon, dit Nina. Quelle bonne nouvelle, quel sacré petit voyageur ! » Il y a de l'admiration dans son ton. « Retrouvez-le vite, c'est un bon petit gars. »

« Merci », dit Adriana, flattée malgré elle. « Au revoir. » Elle raccroche, descend en hâte du bus et commence à courir.

Mais elle arrive trop tard. Le fichu car est parti. Adriana a envie de vomir. Ou de hurler. Et Gaston qui ne décroche pas. Elle pourrait tuer tout le monde autour d'elle si elle avait un couteau bien aiguisé. Que plus personne ne bouge ! Elle a un point de côté, respire bruyamment et transpire, ce qu'elle déteste. Avec des gestes saccadés, elle cherche un mouchoir dans son sac, s'essuie le front et se laisse tomber sur un banc. Elle ne sait pas quoi faire, où aller, comment procéder. Prendre le prochain bus ? Avertir les parents ? Ou juste rentrer chez elle comme si de rien n'était ? Elle est si fatiguée ! Il faudrait qu'elle dorme avant de prendre une décision. Qu'elle ait Gaston au téléphone. Qu'elle parle au petit. Entendre sa voix.

Tout à coup, une voiture s'arrête juste devant elle, à l'arrêt de bus. C'est une voiture de riche, une grosse bagnole silencieuse, aux vitres teintées. Adriana se méfie de ce genre de voiture et surtout de son contenu. La portière s'ouvre. Adriana enregistre des talons trop hauts, une jambe trop fine, l'autre qui suit en jouant la star, puis une mini-jupe noire, une veste en cuir sur un buste bombé, une tête à claques, des cheveux sans éclat, un balai jaune, ajusté par une main aux ongles rouge cerise. Adriana a envie de s'évanouir. Des cercles noirs dansent devant ses yeux. Elle est incapable de parler.

« Toute seule ? Besoin d'aide ? » Cette voix ! Un cauchemar mielleux, du poison auditif. « Tu n'as pas l'air en forme, poulette. » Adriana a le vertige. Son corps commence à trembler comme s'il ne lui appartenait plus. Ses lèvres se dessèchent. Mais la boule en elle fait son travail. Fiable, imperturbable, décidée, elle grossit, durcit, s'agit, cogne contre son ventre, sa poitrine, son thorax, son cerveau. Elle la met en transe, lui ordonne de se lever et de s'avancer, de s'approcher de la sorcière pour la faire taire, une fois pour toutes. Vas-y, c'est ta chance, celle que tu attendais depuis si longtemps, lui murmure-t-elle. Le cou, tu dois viser le cou, c'est le plus efficace.

« Tu as l'air bizarre, cocotte. » La sorcière montre ses dents, un faux sourire tout en blanc. « Tu te drogues ? » Adriana fait non de la tête et continue à avancer. Un robot sans état d'âme. La sorcière recule d'un pas, s'appuie contre la portière de sa voiture et croise les bras. « Qu'est-ce que tu as, il te faut un mec ? » Petit rire pas très propre.

La main d'Adriana fait un bond en avant, attrape le balai, le tire en arrière, puis l'approche de son visage. « Qu'est-ce que tu as dit, sorcière ? Je n'ai pas bien compris. »

« Aïe ! T'es dingue, lâche-moi tout de suite. » La sorcière tente de libérer ses cheveux et de garder son calme, mais Adriana voit bien une petite lueur dans ses yeux qui trahit son angoisse. Quelle satisfaction, quel triomphe, elle fait peur à la sorcière ! Adriana gagne en force, d'une main elle tire la tête de la sorcière encore plus en arrière, de l'autre elle la prend par le cou. La sorcière essaie de se défendre, elle enfonce ses griffes dans les bras d'Adriana, mais ses muscles sont tendus, de fer, imperméables. La sorcière commence à suffoquer sous les doigts d'Adriana, quel pur plaisir ! Une euphorie noire inonde tout le corps d'Adriana, elle la rend invincible, vas-y jusqu'au bout.

Stefan

Il n'arrive pas à atteindre Adriana. Elle ne décroche pas. Restons calmes, se dit-il, le gamin est accompagné, espérons que le copain d'Adriana soit un type bien. À vrai dire, c'est elle qui l'inquiète plus que son fils. Avant, au téléphone, elle a réprimé un sanglot, elle qui semble toujours si dure, avec une carapace de crocodile. Il se sent coresponsable de ce qui lui arrive. Sa femme a été profondément injuste avec son fils. Mais lui aussi n'a pas été correct, il se méfiait trop d'elle, pourtant ce n'est qu'une femme avec une vie dure. Derrière ses apparences un peu froides et rigides, elle semble réellement souffrir. Un peu vieux jeu, Stefan a le réflexe de consoler la veuve et l'orphelin. Face à une femme qui pleure et montre une vraie vulnérabilité, il veut devenir protecteur, consolateur – si elle se laisse faire. Nina ne se laisse pas faire, jamais. Remarque, cela fait des années qu'il ne l'a plus vue pleurer. Mathilde seule se charge de remplir le quota de larmes familiales. Et chez elle, ça l'agace.

« Trouvons Adriana ! », lui dit-il avec une pointe de remords.

« Et le garçon aussi ! », revendique Mathilde en pressant la main de son père.

Les deux font le tour de la gare, se renseignent sur le lieu de départ des cars internationaux et se dirigent rapidement dans la direction indiquée. Avec un regard circulaire, Stefan scanne les gens pour retrouver dans la foule pressée la nounou de sa fille. « Regarde, Papa, elle est là-bas ! » Mathilde crie et pointe du doigt deux femmes devant une voiture sur un arrêt de bus. Mais qu'est-ce qu'elles sont en train de faire, ces deux-là ? Stefan plisse les yeux et accélère le pas. Incroyable, elles se battent ! Non, c'est plutôt Adriana qui serre le cou de l'autre femme qui se débat. Stefan est moins choqué qu'il le croyait. Adriana n'est pas très équilibrée, il s'en doutait depuis longtemps. Là, elle devient carrément dangereuse. « Attention, Mathilde, il faut qu'on coure pour les rattraper ! » Avec une énergie pleine d'adrénaline, il se tourne vers sa fille. « Adriana est en train de faire une grosse bêtise. Tu cours aussi vite que tu peux ! » Mathilde dit oui de la tête et ses yeux pétillent. Elle l'étonne, il lui sourit. « Un, deux, trois », père et fille filent vers la nounou. Mais enfin, qu'est-ce qu'il lui prend d'étrangler cette femme ? Et où est son fils ? « Stop ! », hurle Stefan tout en courant, lui qui n'élève jamais sa voix. Il en éprouve un étrange plaisir. « Stop, Adriana ! », crie-t-il sur une note plus autoritaire. Pas si mal, sa voix, elle est forte et porte bien, des passants se retournent. Mais Adriana ne l'entend pas, ou ne veut pas l'entendre. Encore quelques pas et les voilà, il lâche la main de Mathilde, attrape avec deux poignets fermes ceux d'Adriana, les tire en arrière. « Stop, Adriana ! » Ton viril et décidé, il est l'homme de la situation, si Sujin le voyait ! Adriana se retourne vers lui, elle a l'air perturbée comme si elle se réveillait. L'autre femme se frotte le cou, tousse et tremble. Elle lance à Adriana des mots étouffés dans une langue que Stefan ne comprend pas. Elle doit être roumaine aussi. En guise de réponse, Adriana lui crache devant les pieds, puis se dégage sans agression de l'emprise de Stefan et ajuste son écharpe. L'autre continue à pester jusqu'à ce qu'Adriana éjecte une phrase en roumain et ajoute en français : « Dégage ! Dégage tout de suite ! » L'inconnue finit par monter dans sa voiture, claque la porte et démarre dans un grincement de pneus. Stefan décompresse et a soudainement envie de rire : toute cette scène lui rappelle des clichés à la télé. Mathilde à côté de lui est bouche bée, elle oublie même de parler.

« Merde, lui dit Adriana en le regardant droit dans les yeux. J'ai failli aller trop loin. » Elle tente un sourire, mais sans trop de succès.

Stefan ne peut pas contredire et change de sujet. « Où est votre fils ? »

« Le bus est déjà parti. » Les yeux d'Adriana rougissent et commencent à flotter, des larmes se dégagent, Adriana les écrase d'une main tremblante et détourne la tête, gênée. Stefan ne sait pas quoi dire, quoi faire. Doit-il la prendre dans ses bras ? Murmurer des mots consolants ? Proposer de lui payer un ticket pour partir en Roumanie ? Il se sent maladroit. Adriana se mouche, son mascara a coulé. Mathilde l'observe comme une bête exotique, avec un étonnement infini sur son doux visage innocent. Il ne faut pas qu'elle se mette à pleurer, elle aussi, par solidarité ! Mais sa fille a tout à coup un élan inattendu vers

Adriana. Elle l'entoure de ses bras, pose sa tête contre son ventre et lui dit avec un air de donneuse de leçons : « Ne pleure pas, il est déjà grand, tu sais. Et il n'a jamais peur, même pas dans la cave où il y a un vilain fantôme. » Adriana renifle, caresse les épaules de Mathilde. « C'est vrai, tu as raison. »

Dorina

Le petit visage tant aimé semble avoir changé lors de ces quelques semaines en Belgique. Le nez de Cosmin est plus accentué, le menton plus pointu, la rondeur des joues moins marquée. Mais cela reste le visage qui lui est le plus cher au monde. Dorina le dévore, le caresse des yeux. Elle n'ose pas le toucher, son petit dragon pourrait se réveiller.

Bonheur sans mots quand il a franchi la porte il y a une heure. Elle l'a serré aussi fort qu'elle pouvait dans cette détestable position étendue. Le petit a enfoui sa tête dans son cou. Elle sentait son odeur tendre, sa chaleur, de l'humidité, elle aussi avait les yeux remplis de larmes. Ils sont restés longtemps enlacés, jusqu'à ce que Mihai ronchonne : « C'est bon maintenant, hein ! Temps d'aller se coucher. » Un vrai rabat-joie, son mari, mais c'est un bon quand même. Il s'est débrouillé pour emprunter la voiture de la boulangère – va-t-on savoir ce qu'il lui a encore promis en contrepartie – et il a roulé presque quatre heures dans la nuit pour chercher le petit et le copain d'Adriana à la gare de Bucarest.

Le copain, quelle surprise ! Un homme noir ! Noir clair, mais noir quand même. Et ses cheveux ! Dorina n'a pas pu cacher sa surprise, bien que Mihai avait essayé de la prévenir avant de le laisser entrer dans sa chambre pour les présentations. « Le copain d'Adriana n'est pas comme nous. Mais il s'est bien occupé du petit. C'est ça l'important. »

Dorina sourit. « Pas comme nous », ce n'était pas une explication très claire, mais pour Mihai étonnamment retenue. Normalement, il ne mâche pas ses mots. Et le copain d'Adriana est bien plus foncé que les Tsiganes. Dans le village, ils n'ont encore jamais vu d'homme noir en vrai. Décidément, Adriana ne peut jamais faire comme les autres. Les voisins vont encore jaser. Dorina soupire, mais elle admet que pour une fois, sa fille a fait un choix pas si mal. Cet homme est peut-être noir, mais il est bon. Et des hommes bons, selon elle, Adriana n'en a connu que trois : son grand-père, son père et Radu, le voisin. Les autres – n'en parlons pas. Avec une main toute légère, elle caresse les cheveux de son petit-fils couché à côté d'elle, plongé dans un sommeil profond. Dorina ferme les yeux et tente d'ignorer les ronflements de Micu, couché par terre à côté de Cosmin. Quel dortoir !

Mihai

Une *Țuică*, c'est ça dont il a besoin maintenant. Mihai est épuisé. Rouler dans la nuit lui a coûté plus d'énergie qu'il ne l'admet. Heureusement que le copain d'Adriana a repris le relais sur le retour. Mihai était trop fatigué pour se demander si les Noirs savent conduire convenablement. D'ailleurs, il s'est assez bien débrouillé. Gaston, quel drôle de nom. Mihai a profité de la place du passager et du noir pour tenir la main de son petit. Il ne l'a pas lâchée une seule fois. Il ne pouvait pas la lâcher, bien que ça fasse un peu femmelettes, les hommes qui se tiennent la main. Oui, il a grandi, son Cosmin. Il devient un homme. Mihai est fier que son petit-fils se débrouille bien, même à l'étranger. Ça l'aidera pour plus tard. Le village n'a plus beaucoup d'avenir. Tout fout le camp. Mais pour le moment, c'est l'endroit qu'il lui faut, au petit. Et lui, il lui faut un *Țuică*. Femme, enfant, chien et chats dorment enfin, ils sont entre hommes. Il verse un verre généreux à Gaston et se sert aussi, sans concession. Parce que la *Țuică*, ce n'est pas que pour les épreuves, c'est aussi pour arroser le bonheur. Il faut bien l'encourager, qu'il reprenne des forces. « À Cosmin », dit Gaston, et il lève son verre. Mihai comprend, claque son verre contre celui de l'autre. « À Cosmin et à Adriana. »

Ils savourent en silence.

DU MÊME AUTEUR

Romans

Tango Tranquille, Le Castor Astral, 2013.

Simon, Anna, les lunes et les soleils, Le Castor Astral, 2014.

Nouvelles

Les Vendredis de Vincent, Bord du Lot, 2010.

La guérison de l'homme des lacs, Bord du Lot, 2012.

La griffe, Lamiroy, 2021.

éditions f deville, Bruxelles.

fdeville.be

Distribution : Pollen
Diffusion : CEDIF

Corrections : Catherine Meeùs *catherine@ramee.org*

Achevé d'imprimer en mars 2021.
Première édition.

Dépôt légal : 10.541/2021/03
EAN : 978-2875-99039-6